每天抱着孙子在这张秋千椅上晒两次太阳。

丁丁哺乳期时湿疹严重，寻思怎样才能治好。

当当生日，我为他许了个愿。

不管走到哪儿，孙子总跟我很亲昵！

走累了吧?歇一会儿继续走!我教孙子学走路。

丁丁三岁时就会与我交流思想了。

孙子长大了,我还总要找机会抱抱他们。

丁丁六岁了,还是喜欢跟我闹着玩。

我和孙子轮流讲故事,锻炼他们的口才。

和两个孙子一起在俄罗斯的芬兰湾沙滩上嬉戏!

带孙子

TAKE CARE OF THE GRANDSON ◆

胡观良 著

北京燕山出版社
BEIJING YANSHAN PRESS

图书在版编目（CIP）数据

带孙子 / 胡观良著 . —北京：北京燕山出版社，2017.4
 ISBN 978-7-5402-4418-7

Ⅰ.①带… Ⅱ.①胡… Ⅲ.①日记—作品集—中国—当代 Ⅳ.①I267.5

中国版本图书馆 CIP 数据核字（2017）第 030108 号

带孙子

作　　者	胡观良
责任编辑	王　迪
责任校对	张瑞武
出版发行	北京燕山出版社
地　　址	北京市西城区陶然亭路 53 号
电　　话	010-65240430
邮　　编	100054
印　　刷	三河市灵山红旗印刷厂
开　　本	787mm×1092mm　1/32
字　　数	107 千字
印　　张	8
版　　次	2017 年 5 月第 1 版
印　　次	2017 年 5 月第 1 次印刷
定　　价	28.00 元

版权所有　违者必究

序言
PREFACEA

我的这些文字，源于我最近十年中的生活日记。

带孙子，这是一个普通而古老的话题。是千百年来，世世代代的老人都在做，也大多乐意做的事。虽然，人们也普遍认为做这事很辛苦，很不容易，而同时又认为这无非是老辈人在家陪伴、照料孙辈人的家务。所以未给予足够的关注和肯定。

生儿育女，繁衍后代，是人类生存与发展的主旋律，是世代人不变的担当与奉献。这种担当与奉献的主要承担者，当然是作为法定义务人的父亲与母亲。然而，在抚育、培养孩子的过程中，带孙子的爷爷、奶奶、姥姥、姥爷们却充当了无比重要的角色。他们的付出非常巨大，他们的努力超乎想象。

带孙子

在我们当今这个新的时代里，人们对孩子的期望越来越高、寄托越来越多。积极、认真地培养孩子，已是全社会的共识；怎样把孩子带上成功之路，已成为千家万户的第一课题。在这种情势下，带孙子的老人，也面临着前所未有的挑战。

我从单位里退休后，也和千千万万的老年朋友一样，进入了人生晚年的"新岗位"——带孙子。之前曾听有人这样说："退休什么最累，带孙子最累；老人什么最苦，带孙子最苦。"而我根本不信，也不同意这种说法。带孙子是我向往的天伦之乐，就算辛苦，也不能说得如此夸张。可当我真正进入这个角色后，便很快认识到这个"岗位"的非同寻常。在日复一日，年复一年的拼搏中，我所感受到的艰辛，无法用语言来表达。

如果把一生的奋斗比作是一场场战斗，那么，带孙子则是任务最重、耗时最长、打得最艰苦的一场持久战。打好这场战斗，熬过了这旷日持久的岁月，堪称是人生晚年的一大壮举。

我要以我的亲身经历与实际感受，用纪实散文的形式写一本书。我写的全是真实的东西，而真实的东西总会引起共鸣。

我写这本书的目的，不是为了诉苦，因为这种苦是我自己乐意吃的；不是为了请功，因为带自家孙子，即使真的"有功"，这功也是建给我自己的；更不是求回报，因为带孙子的人谁也不需要别的回报，孙子的一天天长大，就是最好的回报。

我只想与广大老年朋友们分享我的故事，以此与他们共勉。因为我相信，他们都有和我一样的欢乐与苦衷。我所要写的，也正是他们想要说的。我要认认真真地对他们说一句：大家辛苦了！并想告诉大家：带孙子是我们晚年的大事，是实现自己梦想，画好此生句号的重要环节。带孙子也是生活对我们的一场严峻考验。由于我们的年岁已大，机体在快速衰老，体能在不断下降。所以我们在铆足劲、付出爱的同时，也必须注意检修、保养自己的身体。

我也想告诉当了爸爸妈妈的年轻人：你们的父母帮你们带孩子、料理家务，看似平凡，实际上太不容易了。他们视孙子为自己生命的全部，把带孙

子当作神圣使命。由于他们已上了年纪，过度的操心操劳，常使他们处于极度疲劳的状态。你们得十分注意关心他们的身体，照顾、支持、帮助他们完成使命，了却心愿。

　　我还想告诉我们不断成长的孙辈们：在你们的身上，不但倾注着你们父母亲的全部关爱，也倾注着你们祖父母们晚年的全部心血。你们被寄托着至少两代人的希望。长辈们并不要求你们今后成为多么了不起的人，也不要求你们为家庭作多大贡献。只希望你们健健康康、快快乐乐地成长。长成为让全家放心的人；长成为社会所喜欢的人；长成为祖国所需要的人。

目录

带孙子 ♦ TAKE CARE OF THE GRANDSON

1. 渴望 ············· 001
2. 期待 ············· 008
3. 激动 ············· 016
4. 接受挑战 ········· 022
5. 改变自己 ········· 029
6. 千方百计 ········· 037
7. 走出去 ··········· 043
8. 双喜临门 ········· 050
9. 牵肠挂肚 ········· 056
10. 忘记自我 ········ 065
11. 放弃自我 ········ 075
12. 困扰 ············ 081
13. 贵人 ············ 088

14. 充电 ………………………………… 095

15. 不可开交 ……………………………… 101

16. 难以招架 ……………………………… 108

17. 必须的呵护 …………………………… 120

18. 分居 …………………………………… 126

19. 在老人圈里 …………………………… 134

20. 坚持 …………………………………… 146

21. 心神不宁 ……………………………… 151

22. 抗争 …………………………………… 159

23. 养生 …………………………………… 165

24. 重要的一环 …………………………… 173

25. 学会做人 ……………………………… 181

26. 放不下的心 …………………………… 188

27. 矛盾 …………………………………… 195

28. 保护 …………………………………… 202

29. 旅游 …………………………………… 209

30. 余热 …………………………………… 217

31. 硕果 …………………………………… 223

附录 …………………………………… 230

1. 渴望

大儿子结婚五六年了,儿媳妇还不怀孕,这可让我急坏了。

正常情况下,青年男女一登婚姻殿堂,不出一两年,家中准会添上个新生命。最起码,女方也得挺起个大肚子。而我家这对儿宝贝,至今没一点儿动静,儿媳妇那仍然少女般的身姿,已然成了我的一块心病。

我早已渴望当爷爷了,这不仅是因为我很向往这份天伦之乐,更因为在孙辈那儿,的确有人生太多的寄托。

人活在世上,一辈子忙忙碌碌,千辛万苦究竟

为什么？归根结底就是为了孩子，为了后代。人一到中年后，如果你没个孩子，即使你事业再辉煌，你的人生也算不上成功。而一旦进入晚年，就还得有孙子，有孙子才算修成正果，才算圆上了这辈子的结局。

人生一世，弹指一挥间。即使你能活一百岁，也是太短暂了。好在人类的历史是传承的历史，只要你有晚辈、有后代，你的血脉就得以传承，你的将来就很长。谁说人生苦短？只要子孙延续不断，人生就并不苦短。

还有个很现实的问题，如果没有孙子，我帮儿子建起的那个小家庭也不稳固。孩子是夫妻关系的纽带，是家庭生活的黏合剂。有了孙子，才有了儿子家的根基，才会有小家庭的幸福与和谐。

我的那些同龄人，老同事、老同学、老战友们，一个个争先恐后地抱上了孙子或孙女，他们在为子女操办完婚事后，很快又为孙儿操办了满月酒、周岁酒，完成了家中最值得骄傲，最有意义的三大庆典。更有其中几个人，如今已在接送孙儿上小学了！

在他们面前，我的失落感与日俱增。

心中有了这样的牢骚，我又只能在老伴儿面前发泄发泄："怎么搞的，看看人家，哪有结婚五六年还不生的！"

"是呀，人长得漂亮又有什么用呢？"老伴儿用这样一句话回敬我。她话中带有对儿媳的抱怨，也带有对我的责怪。因为这个儿媳，当年也的确是我横挑竖选给儿子挑来的。之前，亲朋好友们曾为大儿子安排过几次相亲，都因被我投了反对票而告吹。我反对的理由，似乎都是嫌对方长相不太标致。后来有人介绍了现在这儿媳，她如花似玉，非常漂亮，但还没有找到工作，是个待业青年。目下就业难，多数人家找对象都把对方有没有好的、稳定的工作看成重要条件，老伴儿和儿子也很在乎这一点。而我却并不看重这个，我对儿子和老伴儿说，人的工作是可以找的，外在条件是可以通过努力去改变的，而人的品貌却是天生的，娶了啥样就是啥样。儿子和老伴儿觉得我这话有道理，于是便定下了这门亲事。谁能想到，这位被许多人称作县城头等美人，

看上去又特别健康的儿媳,如今却生不出孩子。

其实,老伴儿比我还急,她为这事早已带小夫妻俩去医院检查过。大夫诊断男方没事,女方稍有问题,但可以治。于是又陪儿媳先后去上海等地的多家医院求治过,却一直未见成效。现在老伴儿有点怨气,这也在情理之中。

且不说我和老伴儿为这事着急、犯愁,我亲家那头也同样为难。近来每次与亲家见面,他们老两口总是唉声叹气,念叨女儿至今不生。亲家母是退休教师,以往,也许是她职业病的原因,抑或是因为她有一个天仙般美丽的女儿而过于自信,她来我家说话的声调总是很高,甚至总有一股盛气凌人的味道。自从得知因自己女儿问题而生不出外孙后,她一下变低调了,说话时嗓门再也响不起来了。

至于儿媳,那就更甭提了,为这事她已多次在家痛哭流涕。她哀怨自己做人做得太失败了,别人能得到的,她却什么也没得到。她也很早拥有自己的梦想,如同当今社会上所有的女青年一样,希望自己能找到一份好工作,嫁上一个好老公,生一个好孩子。可如今，找一份好工作已成泡影。这年头就业竞争激烈，机关、事业单位的岗位凡进必考，而且每年考取概率越来越小。她屡试屡败。几年拖下来，她的年龄也快淘汰了。嫁个好老公也只是自欺欺人了，我那大儿子虽然外貌尚可，有一份不错的工作，但生性懦弱，不够成熟，总是缺少主见，很难为她支撑起一片天空。现在她寄最大希望于能生一个好孩子，培养一个好后代。可命运却偏偏还要跟她过不去！如今她担心不是能不能培养好孩子的问题，就连能不能生出来也难说了。她诅咒苍天不公，抱怨自己命苦。

我担心再这样下去，儿媳的精神也许会崩溃的。

等孙子等久了，我与老伴儿难免流露出某种程度的不耐烦，但我们却深爱着儿媳，没半点儿嫌弃她的意思。说实在的，我这大儿媳真的很不错，她不但长得好看，而且还特别善良、传统、节俭、细心，远亲近邻交口称赞。我心里明白，这样好的姑娘在当今社会上已经很难找得着了。她没为我生出孙子来，我不怨她，也没理由怨她，她是无辜的。我始

终坚信自己当初的主意,选择这样的人做儿媳没有错。

儿媳是好的,可孙儿不能没有!当务之急,是得想办法解决问题。我心里拿定两个方案,一方面鼓励、支持大儿媳进一步求医,坚持治疗。另一方面,开始酝酿、准备走另一步棋——抱养一个孩子。到了这个时候,我觉得应该有两手准备了,能自己生当然最好,而实在生不出来,这也许真的是命中注定。"命中有时才会有,命中无时莫强求!"抱养一个孙子或孙女是不得已而为之,但仔细想想,这也不失为一步好棋。有道是生亲不如养亲,从传承角度考虑,抱养孩子也一样可以。从感情角度看,抱养甚至可以超过亲生。古今中外,人世间多少抱养关系,不是亲骨肉胜似亲骨肉,都早已证明了人的养育之情,可以胜过生身之情。

如此想想,我的积极性一下子就上来了。凡事趁早准备,我偷偷展开了抱养孩子的政策咨询和有关调查,然而却又很快撞了南墙。这抱养一个孩子可不比买一头小猪、抓一条小狗那么容易。首先得经法律许可，领养人的年龄、生育状况、经济条件、抚养能力等都得符合相关规定。其次是这抱养对象何处觅？确切地说，这种特殊的资源根本没有供应渠道。谁来为你提供可靠的、健康的、可让你抱养的小孩？

正在踌躇，困惑与十分无奈之际，我们全家人望眼欲穿的好消息从天而降——大儿媳终于怀孕了。这消息把我顿时送入云端，为我带来无比的愉悦和惊喜。我高兴得虽不像范进中举那样失控，这内心的兴奋也着实难以自持。

压在我心头多年的石头一下落地了，我深深地舒展着一口又一口的长气。

2. 期待

世界上不计其数的家庭,每个都是人类繁衍生息的一块小天地。小天地里最温馨、最阳光的时刻,莫过于家中有人怀孕的时候。

大儿媳怀孕了,我家真正成为了甜美、和谐、充满喜悦的家庭。每个家庭成员都换了一张喜庆的脸庞,大家心照不宣,都把自己的幸福与大儿媳腹中的那个小生命联系在一起。面对此情此景,我感到十分欣幸。生活中一切美好的东西,往往都来之不易,所以,对已经得到的,都必须懂得珍惜珍爱。而我家大儿媳的怀孕,更是超乎寻常的珍贵,更应倍加呵护。已作为准爷爷的我责无旁贷,我得赶快进入状态，努力把该做的事做好、做扎实。最首要的任务，是要带领、督促全家人关心照顾好儿媳的身体、生活。也就是说，要认认真真地呵护儿媳腹中的胎儿，确保万无一失。要使胎儿良好发育，让孩子能赢在人生的起跑线上。

大儿子儿媳结婚后，一直住在城北那套新房子里，只是到了吃饭时间，他们才来我和老伴儿的住处用餐。老宅是他们的"饭店"。现在儿媳有孕在身，再这样一日三次来回跑，我怕是累坏了儿媳。我与老伴商量后，提出让他们干脆搬过来一起住。这样不仅免除了儿媳用餐的辛苦，而且也方便了我们老两口对儿媳生活起居的进一步照顾。

已活了大半辈子的我，过去从没干过买菜做饭的事，我觉得生活的一日三餐真是够烦人的，曾不止一次地说过，要是让我自己做饭，我就宁愿不吃！可现在我得收回这句话了。我开始跑菜市场了，也学着亲自下厨房做饭做菜了。老伴儿用惊异的目光打量我，她觉得我变了。我的这种变化虽然来得太晚了，但老伴儿还是感到很高兴。我与老伴儿已共

同生活了几十年,家里的一切家务,始终由她一个人扛着。开门七件事,都由她管着。即使是一个全职太太也会觉得累,而我的老伴儿原是个公务员,每天还都得上班。她一直是利用业余时间,靠放弃休息和娱乐来料理这个家的。她始终坚持着,无怨无悔地熬着。现在退休了,她每天还是忙不完的家务活儿。想到这里,我对老伴儿非常感激,也为自己的懒惰心生内疚。然而,我现在的举动却也并不是出于内疚,出于对老伴儿的补偿,而是为了儿媳肚子里的小生命。我要帮老伴儿把关、出力,要全面改善儿媳的生活,

大儿媳是个很纯朴的人,她见我为她用心和操劳,感激之情溢于言表,常在娘家人和小姐妹那儿称赞我对她的关怀。还对我的烹饪技术大加表扬说"婆婆做的好吃,公公做的更好吃"。这些话激发了我的干劲儿,使我从此对备菜做饭产生了浓厚兴趣。

据说孕妇多吃鱼特有好处。鱼富含蛋白质,还最易被消化吸收。吃鱼能促进胎儿生长发育,促进母乳分泌,甚至说鱼的营养成分能使小儿智力超常,

聪明过人。为此,我在买菜时便天天买些鱼。

我们生活的这座县城,地处江南水乡,一边还紧靠大海,吃鱼很方便。然而,由于工业的快速发展,导致水源污染。现在市场上能买到的鱼,基本上都是受到污染的。这些鱼已失去了昔日的美味,还含有害物质。怎么办呢?我想了个清水再养的办法。就是把活鱼买回家后,放到洁净的自来水里养一段时间再食用。经过这种处理办法,鱼味的口感上有了明显的好转,我相信这是有一定去污效果的。

鱼的质量取决于水的质量。得知县城郊外的一些养鱼塘,因注重环境保护与水质处理,那儿的鱼特别好,我就赶快前去采购。可一到那儿才知道那儿的鱼已不再进行传统买卖了。养鱼人不再捕鱼卖鱼了,他们养的鱼是专供垂钓的。垂钓还必须有挂钩企业作靠山,由企业给付款项,不与个人交易,我没办法了。

我的一位朋友得知此事,便让我跟着他们单位的人去那儿垂钓,由他们的挂钩企业结算。可当我去那儿钓鱼时,又发现那儿的氛围太别扭了。在那

儿钓鱼的人,几乎全是县权力部门的官员。养鱼人对钓鱼人敬若上宾。你在钓他的鱼,他在那儿不断为你递烟送茶。钓了大半天,鱼袋子满了,他不但不收你钱,还要请你白吃过他的饭再走。后来我才弄明白,那儿现在是企业为政府权力部门提供服务的场所。要办好企业、搞好经营,哪个环节都少不得权力部门的支持。企业就想方设法与政府有关方面拉关系,各种手段无所不用其极。推出钓鱼这项兼娱乐与收益为一体的活动,使企业与养鱼人相得益彰。企业通过鱼塘结交有关部门的官员,养鱼人配合了企业,便可很轻松地在企业结算到高出市场价的鱼款。

我不是权力部门的人,我可不愿搭便船去这种不正常的场合,也不想捞这种便宜。然而,我却对那与污染水流隔绝的鱼塘很感兴趣。在这种优质水池塘里长大的鱼,确实还保留着家乡鱼的美味。

为了让儿媳吃得环保、放心,为了避免污染对孙儿的影响,我开始四处寻觅,努力去别处寻找一方净水。终于有一天,一位在县交通部门工作的朋友告诉我一个重要秘密：这几年来修筑新公路大量取土的地方，形成了几个规模不小的水塘，里面已有鱼了。由于地处偏僻，其地域范围又尚属交通部门管理，因而目前还无人涉足。

我立即前往考察，发现那儿果然是个好去处，新土蓄新水，干净得不能再干净了。四周又全都是杂草树木围绕，无任何污染。

从此以后，我便有了这个鲜为人知的钓鱼场地。我三天两头神秘出入那儿钓鱼，还生怕被别的钓鱼爱好者发现。那儿的鱼不多也不大，我就多花一些时间垂钓。为了保证家中天天有鱼，不论天气好坏，即使遇到下大雨，我也要坚持大半天大半天地坐在那水塘边钓鱼。

我希望儿媳能生一个优秀的孩子，即便不是出类拔萃，也要在各方面比得上人家。要实现这一梦想，目前我所需要和所能做的，就是要不断提高儿媳的生活水平。首先要让儿媳吃得很好，餐桌上的东西不但要多，而且要精。除了让她每天多吃些我钓的鱼，其他主食、副食都拣高档的用。我还不时

提醒儿媳必须吃多，吃好。其次是不让她为工作或家务操半点儿劳，要她把多睡、多休息作为目标任务。

如今的年轻人，特别是城镇上的年轻人，对父母的依赖性都很大，父母把他们抚养成人后，还得为他们的成家立业埋单。找工作、买房子、办婚事就甭说，就是在婚后较长时间内的小家庭生活，仍然由父母包着。不知是谁给如今年轻人冠名为"啃老族"。这是啃老还是受宠？我认为把他们说成受宠族更确切些。因为这已是社会的普遍现象，是大家认可的一种潜规则，又是我们这一代老人主动所为之的。是我们这些老人心甘情愿地，并且越来越认真地这样去做的，倒也谈不上是子女存心敲父母的竹杠。对于我们这样的家庭来说，还有更合理的一面，我与老伴儿工作单位好、待遇好，比起大儿子他们小两口来收入要高得多，让他们"啃"，也觉得无可厚非。然而我现在更注重的是通过这样的途径，去呵护和提升我家第三代人的素质。

不知是营养过度还是活动太少，随着孕期的进

展,原本漂亮的儿媳已不再漂亮。半年多下来,她已变成了一个柏油桶样的大胖妞。然而我心中却暗喜,母体如此发福,腹中胎儿肯定就不会差。照这样的势头,儿媳准能为我生下一个白白胖胖的大孙子。

3. 激动

大儿媳的预产期终于到了。我盼星星盼月亮盼望的孙子或孙女就要来到人间。这位即将到来的家庭小接班人到底是什么样儿？他今后一生的命运如何？我早已想得很多。

我一向喜欢看书。近几年来因空余时间多，我还较仔细地阅读了一些古书。其中《周易》中关于命理的东西，也引起了我的注意。按照"四柱命理"学说，人之贵贱、能耐，其实都为先天安排。就是说，一个人一生的命运，是在他出世时注定的，是他出生时的年月日时所决定的。对此，我虽然似信非信，但儿媳选择的是剖腹产，我便产生了"借用天机"的念头。我左选右选，选定了一个特别吉利的日子时辰，儿子儿媳也宁可信其真，态度坚决地要在那个时辰行剖腹产。

二〇〇五年八月的头一天，对于我们家，那是一个非同寻常的日子。吃过午饭，我们全家和儿媳妇娘家所有人都早早地来到了医院。这些亲人都怀着一颗喜悦而略带不安的心。而我则比他们还多了几分担忧。除了担心手术是否安全外，还担心着我们选定的那个时辰能否落实？

问题果然出现了。儿媳刚进入医院，医生就让她作准备，要马上进手术室。这可让我愣了。如果现在就进行手术，那孩子出生的这个时辰，离我们所要的那个良辰还相差近三个小时。我们提出再晚一些手术的要求，医生却不同意，还问我们那是为什么，我们有天大的理由，但这个理由却是说不出口的。我急得冒出了汗。幸亏儿媳灵活，她推说回家拿东西，与儿子一起拔腿逃离了医院。

现在轮到医生急了，产妇怎么还不回来呢？这里医生，护士都已披挂整齐，都在等着她进行手

术哩!

由于我的那个"天机"只有我与儿子儿媳及老伴儿知道,再没告诉过其他任何人。所以这回我的亲家公、亲家母也急得像热锅上的蚂蚁。他俩今天最早来医院迎接小外孙,眼看万事俱备,马上就可见结果时,女儿、女婿却不知了去向。急性子的亲家公满脸通红,活像刚喝醉酒似的在那里发起牢骚来。

时间终于过去了两个多小时,儿媳回到了医院。可这时医生又摆起了架子:"刚才安排你手术你跑了,现在你得等了,我们已安排别人在进行手术,没产台了!"我又开始着急了,拉着老伴儿向医生求情,请他们尽快安排手术。

还好,才等了不到半小时,儿媳就进入了手术室。我看了看表心想,如果不出意外,孙儿定能在那个无与伦比的美好时辰降生。

现代医术确实高明,做一次剖腹产是小事一桩。不多时,护士就为我们抱出来一个婴儿:"哪位家长,快把他抱产病房去,是个男孩儿。"

啊！是个男孩儿，我高兴得差点大叫起来。

我紧随抱着孩子的老伴儿进入产病房，迫不及待地打量起孩子来。他微闭着双眼、嘴巴一扁一扁地抽动着，头发稀少且湿润……见他也就是个普通的小毛头。可再仔细瞧瞧，与其他床位上的小毛头比较比较，我又发现他长得特别可爱。他五官端正，天庭饱满，皮肤白净，找不出任何瑕疵。

面对着这个刚刚诞生的小生命，我的内心久久不能平静。我的宝贝孙子啊，你这回可真的圆了我的梦了，你虽然姗姗来迟，可你的到来，一下子为我们这个家充满了阳光与希望，一下子填补了家中所有的或缺与不足。你对于我的一生，对于我们整个家庭是显得何等的重要啊！你使我与老伴儿好不容易建立起的"家庭分支机构"——大儿子的家获得了巩固；你使我的生命得以延续；你为我的晚年带来了千金难买的天伦之乐；你让我的人生有了完美的寄托。

我已是快六十的人了，似水流年，我将很快老去，老人为什么都希望子孙满堂，这无疑是对生命

的留恋。人生在世弹指一挥间，不知不觉一辈子就过去了，谁如果不愿与这个世界彻底脱离干系，唯一的办法就是让生命像接力棒那样一棒一棒，一代一代传下去。我现在踏实了，有孙子了，即便我的生命很快结束，我第三代的生命却刚刚开始。欧洲有一种叫紫杉的名贵树木，现被人们称作"人类救命树"。它的神奇与珍贵，不但是因为它能入药治愈肿瘤，还在于它生命永恒的生长规律。老树百年后枯谢了，它分蘖的枝干又开始成长，慢慢成长为参天大树。这样一代一代不断地生长，它的生命就永远茂盛，它就能永远在这个地球上有所作为，为人们造福。

我想，人类的传承也是这样的，只要后继有人，他的人生其实也是永恒的。

孙子啊！你可知道我有多么爱你！我庆幸自己从今以后成了你的爷爷。我要当一个世上最好的爷爷，要倾我所能去呵护你，关心你，让你成为世界上最幸福的孙子。

我又看了看躺在产病床上正接受输液的大儿

媳。她刚挨过刀，且这时麻醉已醒，但她却丝毫没有疼痛的表情，而一直展示着甜美的微笑。我似乎看得见她的内心，她今天生下了这个孩子，已顿觉云开雾散，过去长期困扰她的烦恼与无奈已荡然无存。我在心底里默默告诉儿媳：你为我们这个家立下了汗马大功，我非常感激你，我也一定会当你的好公公，努力帮助、配合你带好孩子，去迎接美好的明天！

当天的日历为农历丁巳日。按天干地支的五行属性，丁、巳均属火。我给孙子取个小名叫丁丁，但愿他此生红红火火，兴旺发达。

4. 接受挑战

儿媳生产住院,老伴儿与亲家母一起日夜在医院陪伴照顾母子俩。家中采购,买菜做饭以及往医院送吃的任务,自然落在了我的肩上。老天爷好像专门设局要考验我,一场强台风在浙江沿海登陆,正面袭击浙北,使我们那个县城变成了险恶的世界。在我的记忆中,我们这里虽然每年都会遭遇台风,而台风在这一带登陆却很罕见。再由于我一向坐办公室工作,从没真正参加过第一线抗台,没有直接受台风侵袭的感受。可这一次终于让我身临其境了。

我穿戴完雨具,提着刚为儿媳准备好的饭菜,振作精神,骑自行车向医院驶去。狂风呼啸,大雨倾盆,到处飞沙走石。又密又粗的雨点打得我钻心地疼。我不敢睁开双眼,如果我这时睁大眼睛,那如出膛子弹般迎面袭来的雨点,定会击穿我的眼球。马路上早已一片汪洋,还没骑多远,我就连车带人摔成了"落汤鸡"。幸好,准备给儿媳吃的那包东西仍安然无恙。因为我用好几层塑料袋将其包扎得严严实实,水泄不通。那是我用整整一个早晨精心制作的饭菜,我把它看得很珍贵。

我赶快爬起来,回家换了衣服,转身再出发。这回我可不骑车了,还是靠两条腿走路来得稳当些。我冒着大雨,顶着狂风,蹚着水流一步步向医院走去。

从家到医院并不算远,可在如此恶劣的天气下行走,我觉得这段路太遥远、太艰难了。我走了很长很长时间,才终于走到了医院。这时我才发现,虽然我穿戴着雨具,可雨具在台风雨下是毫无作用的,刚换上身的衣裤,又全都湿透了。然而我心中却非常高兴,我以这样的热情为儿媳,也就是为孙子按时送来了吃的,这不说明我有所作为吗!我知

道自己并不擅长烹调,但只要我用心认真地去做,我那并不挑剔的儿媳总是认可的,更何况是今天这顿饭了。

我赶快将袋子打开,取出好不容易送到的,还热气腾腾的饭菜。还没等我递给儿媳,亲家母就一把夺过去瞧了瞧,然后面带怒气,对着整个病房内的产妇和陪客嚷开了:"你们大家看看,刚生过小孩坐月子的人能吃这些吗?尽是些素菜素汤之类!怎么能拿这些东西来!"这突如其来的指责,让我不知所措。我今天好不容易做了这些东西,又冒着这么大的风雨及时送来。亲家母怎能如此对待我!我是个好面子的人,最怕有人当众说我的不是。面对亲家母的大声斥责,我的自尊心受到了严重挑战。我也恼羞成怒了,脸涨得滚烫滚烫,爆发性的回击快要冲向嗓门。

要克制,要刹车!理性终于阻挡了我的莽撞。我努力自我警告,千万不要一时冲动,伤了这份弥足珍贵的亲眷关系。她是儿媳的母亲,如果与她过不去,不就会殃及刚生过孩子还躺在病床上的儿媳吗?我得忍着,忍一时风平浪静,退一步海阔天空嘛。

正在这时,隔壁病房内传出一个老妇人的号啕大哭声。我走过去问了问,才知那老妇人和我的遭遇基本相同。她也是为刚生产的儿媳送吃的来,没想到被她的亲家母当众扔了个精光。理由也是嫌她送来的东西太差。我对这位老妇人深为同情,上去一个劲地安慰她,劝她消消气别再哭了。老妇人一边抽泣一边向我道出了苦衷。她家离医院远,她今天很早起来做完饭菜,顶风冒雨往医院送,前后已折腾了数个小时。由于她身体较差,今天已弄得头晕目眩,没想到贴了亲家母如此冷脸。

我陷入了沉思,这些亲家母到底怎么了?为什么一个个像发了疯似的?

慢慢地,我似乎想通了。也许,她们这是因为疼爱自己女儿的缘故。一个女人从十月怀胎到一朝分娩的苦难,她们是亲历过的。如今女儿生下了孩子,她们的内心是高兴、骄傲、心疼、不平……错综复杂,而她们这时想得最多的,是要让女儿的身

体顺利恢复,让女儿的功劳得以补偿。她们最怕的是女儿万一在月子中落下什么病根。因此,在这个时候,她们绝不允许让女儿受到半点怠慢、受到任何委屈!

如果是这样,亲家母的态度纯属正常,是完全可以理解和谅解的。她疼爱女儿,我又何尝不疼爱儿媳?我的气一下子烟消云散了。

然而,事情并没有就此过去。儿媳与孩子出院后,亲家两口子天天往我家跑。我们两家相距甚远,正好横穿一座县城。亲家公精神抖擞,每天骑自行车驮着老伴早出晚归,风雨无阻。他们是关心女儿与外孙来的,但我总得把他们当客人招待,希望他们好好待着。可亲家母并不愿领这样的情,她一来,就像这里的家庭主妇一样忙活起来,更像一名检查员与监督员,不断点评着我家的事儿。要是让她发现我们有做得"不合格"的地方,她就会毫不留情地批评起来。我和老伴儿及我的岳母三个人都自认为还是比较能干的人。而在她的眼皮底下,我们的过失与不足比比皆是,常会受到她的指责。我岳母已八十多岁了，为了曾孙，不愿闲着，每天帮忙洗衣、洗尿布，可总让她发现洗得不干净等错误，为此也要受她训斥。

我觉得大亲家母真的有点过分了。

有一次，我正在精心挑选着鸡毛菜，准备做些菜泥喂孩子。这是我刚从书本上学来的，孩子每天吃奶，常会出现便秘现象，喂些菜泥有利通便。亲家母看见后，不问青红皂白，又大声呵斥起来："让这么小的孩子吃青菜！哪有这等便宜事！"这次我终于忍不住了，便大声"回敬"了亲家母："你懂吗？你不要不懂装懂，自以为是……"我的语气确实太重了点，亲家母接受不了，她毫不示弱，对我大发一通雷霆后便拔腿就跑。

自此以后，亲家母不上我家门了。不见了她的身影，我觉得清净了许多，但同时又感到家中有了缺失。她在我家，每天帮着做家务，论带孩子，她也有一套。她说话啰唆、强势，但其用意是为孩子好。她对我的"监督"让我感到不舒服，而没有了这种"监督"，却又让我心里不踏实。再则，大儿

媳嘴上虽没说什么,但母亲不来了,她心里肯定不好受。

我感到了问题的严重性,悔不该那天不再忍一忍,无论如何也别耍脾气。

怎么办?要是让局面僵持下去,亲家之间的情义将随时间的推移愈伤愈烈,而这份情义是伤不得的。要是两亲家之间彻底翻了脸,对儿子、儿媳,对孙子都是不利的。在孙子面前,爷爷奶奶、外公外婆都是需要的,也都是重要的啊!

我得修复关系,挽回过失,越早、越快越好。

征得儿媳同意,我立即去商城买了些礼物,骑自行车直奔亲家宅第。

儿子儿媳结婚这么多年了,我单独上亲家门还是第一次。公公到儿媳娘家去,自古就有三分稀罕,而我这次是十分尴尬。虽没人说我这是上门道歉,负荆请罪,但我知道,我这次既然去了,其含义也就是这样。然而,为了儿媳、为了孙子、为了这个家,我不能有太多的顾虑。

5. 改变自己

小丁丁像个神奇的天使，他一降生，立马使我们这个家，使家中的每一个人都发生着翻天覆地的变化。

虽说是江山易改，本性难移，而在他的面前，我的性格脾气却心甘情愿地更改了。我所有在半个多世纪中形成的生活规律、习惯爱好通通都被打得粉碎了。

我是个好睡懒觉的人，每天早晨即使早已醒来，也总是迟迟不起床，捂在被子里的感觉实在太美了。人们说上年纪的人须得早起，对身体有利。现代人注意养生，大清早的公园里、马路旁，到处都是进

行各种锻炼的人。老伴儿也曾要我早起晨练,但我哪里听得进。在我看来,一个人身体的好坏,寿命的长短,跟锻炼并没有多大关系,跟是否晨练更没有关系。我倒觉得早上多睡上一会对身体更有好处,会更有精神。因此,睡懒觉已成了我独特的"养生法"。

现在可不行了,这小丁丁每天一大早就闹腾起来,一会儿咿咿呀呀放声欢唱,一会儿又哭又闹发脾气。听到这声音,我就会迅速起床,并赶紧朝儿媳卧室走去。待儿媳抱出小丁丁,我就迫不及待地接过来又亲又吻。一夜不见,犹如久别重逢。进而就抱着他在屋子内不停地兜圈,在园子里前后遛弯。不知怎的,他每天都醒得特别早,一醒来就争着要我抱他运动。虽然他还不会说话,但意思表示明确,只要我抱着他到处溜达,他就报以甜美的笑容和感激的眼神。

就这样,有小丁丁当我的"司号员"每天向我"吹响起床号",我的生物钟很快改变了。早起已成了我的习惯,我不愿再睡懒觉了。

如果说我这个人有什么嗜好，那就是抽烟。虽然烟瘾不大，但烟龄也已三四十年了。

抽烟确是一种很不好的生活习惯，吸火喷烟，没有营养、没有味道、污染空气、招人讨厌。有人还说这是花钱去危害自己的身体。有关专家早已主张在全世界禁烟。市场上所有的商品，都在包装上写着其好处，唯有烟盒上写着其坏处"吸烟有害健康"。可奇怪的是这个谁都知道有百害而无一利的东西却怎么禁也禁不了。它的产销量与盈利额，还始终处于社会商品之冠。

所谓烟瘾，其实是吸烟者的一种生活习惯。烟瘾不是毒瘾，戒掉并不难。只不过要改掉一种长期养成的习惯，也得有大决心，得有危机感。许多人说要戒烟老戒不掉，是因为他们根本没有危机感。你说吸烟浪费钱，那不吸烟的人就钱多，就发财吗？你说吸烟会引起这病那病，而不吸烟者不同样得病吗？你说吸烟要缩短寿命，而据说吸一辈子烟才少活20来天，无所谓嘛！

现在我有危机感了。烟会影响儿童智力，特别

是要影响婴幼儿的智力发育。如果孩子每天受到烟雾困扰,吸入二手烟,就会使本应是高智商者变一般智商,使本应是正常智商者变成弱智。

这还得了,孙子是我最大的希望,孙子的智力、智慧是决定一切成败的关键。我当然得立即戒烟。不但自己不抽,而且要坚决管住其他人在孙子面前抽烟。

自此以后,在我们家中,再也看不见有人抽烟,再也闻不到烟臭味了。即使是至亲好友中的"老烟鬼"来我家做客,如果他犯烟瘾要抽上一支,那么对不起,我得把他请出室外,到外头抽去吧。有的客人也许不理解,觉得我小题大做,做得过分了,而我就顾不得那么多了,为了孙子,在原则问题上,就恕我六亲不认了。

我的性格虽也不很外向,却一贯不愿在家多待。白天,无论是春夏秋冬、阴晴雨雪,除了用餐,起码有八九成时间在外边。要么去单位里坐坐,要么找朋友聊天玩耍。家中的事反正有人管着,我不必插手,也不愿插手。自从有了孙子,我的全部注意力都被这个家吸引住了,我不再出门了。我喜欢一天到晚与小丁丁在一起,抱他、哄他、喂他吃的,与他不断地交流着情感。他的全部喜怒欢乐,他的一举一动,甚至他睡着时的小脸蛋,都成了我的焦点。我快要成为一个彻头彻尾的宅男了。

在家中,小丁丁几乎不离我的怀抱。抱着他,我还不停地颠动着双臂。他睡着了,我还舍不得放下。也许是我的这种溺爱,很快惯成了他一种坏脾气,这小家伙白天得抱着睡了。在大人的怀抱中,他睡得很香,很甜,一觉能睡二三个小时。要是把他放到床上,一二十分钟就醒了。有时还根本放不下,只要一挨床他就醒、就哭、就闹。

这可怎么办呢?婴幼儿的睡眠特别重要。要是睡眠不足,就会严重影响他的生长发育,就会闹病。为了让他睡好觉,多睡觉,我就干脆抱着他睡全程。小家伙每天上午十点左右开始睡着,一直睡到下午一点左右醒。这是他的睡眠规律。我每天在这时间段抱着他睡觉,就正好耽误了自己用午餐和午休的时间。我饿一会儿、困一点不打紧,而这种抱着孩

带孙子

子睡觉的肢体功夫却不好受。为了让他睡得香,我的身体始终坚持着一种姿势。我小心翼翼地搂着他坐在客厅沙发上,不敢动一动,不敢发出一点响声,不敢与家人换着抱,生怕惊醒了他。这样要不了一二个小时下来,我已腰酸背疼,四肢麻木,但我能一直坚持下去,我觉得这特别值得,心里特有成就感。小丁丁在我怀抱中甜睡,多睡一分钟,就多长一分身体、多长一分智力。还有什么比这更重要的呢。

这种呆板、僵硬的,抱着孩子每天长时间坐沙发的姿势,我连续坚持了数月。我感觉自己的腰疼一天比一天厉害了,有时疼得额头冒起汗来。我去医院检查治疗,医生说我腰椎盘突出,骨质增生。我知道这种病目前无法治愈,只得忍着。家人出于对我的爱护,要我别再抱孩子睡了。他们提出要把孩子放床上去睡,我哪里肯答应。这是我好不容易才取得的实际经验,怎能轻易放弃。我借用红岩革命前辈的名诗,换上自己的词儿,用以自我鼓励:"任腰酸背疼十分厉害,任肚子饿得咕咕叫,为了孙子睡好觉，我愿把这沙发坐穿！"就这样天天默念着，天天坚持着。

我向来是个非常节俭的人。儿时的苦难，家庭的穷困，把我铸成为一个极低消费的男儿。中年以后，由于事业比较成功，我已成为了一个比较有钱的人。但我却总是在自己的生活消费上省了再省。无论是吃的穿的，我从不愿用中档以上的商品。吃饱穿暖是我的福分，用低档的东西，同样是生活的享受。

自从有了孙子，我彻底地变了。对待孙子，对待家庭，我一下大手大脚起来。我开始树立起一条信念：挣钱就是为了花钱。只要条件允许，生活就得高质量。口袋里的钱要毫无顾忌地为孩子、为家庭生活花出。只有花出去了，才算真正是你的钱。如果有钱不花，装在口袋里，存在银行里，钱就只是一个数字，只是几张花纹纸，毫无意义。有钱不花，等于傻瓜。

我注意向上流社会的生活水平看齐了，衣食住行都讲究起来了。我不允许在家庭生活的任何环节

上,再出现相对寒酸的状况。在小丁丁的生活需求上,我要求必须达到第一流的水平,决不落后于人家半步。

小丁丁出生后,亲友们先后送来了许多中高档奶粉,而当我得知当时有一种叫"惠氏"的进口奶粉,质量特优,价格昂贵,有钱人家才用得起时,我便立即决定改用惠氏。家人有些反对意见,认为这样一来,不仅得长期花费大出一般奶粉数倍的费用,而且还浪费了亲友们送来的这么多奶粉。

浪费就浪费,我不顾家人的反对,跑去商店买回来一整箱"惠氏"。从此以后,我便总是整箱整箱地买这种奶粉。小丁丁吃奶粉的事就由我包了下来。

对待孙子,我可不能有丝毫的怠慢。

孙子身上穿的,我要为他买高档、正宗的;孙子玩的,我要为他买环保的;孙子吃的,那就必须买绝对卫生、绿色的。给孙子压岁钱,尽管他还小,不会花钱,但我也要让他得到比人家小孩都要多的压岁钱。我当然不是特别有钱的人,但在孙子面前,我也要成为一个很阔气,很有实力的人。

6. 千方百计

话又得说回来，要提高生活质量，也并不是只要有钱，只要多花钱就能实现的。

在当今这个已被普遍污染了的环境中，在已基本变了态的社会氛围里，有钱的人也很难享受到大自然的恩赐。日常消费的生活必需品，即使你花再多的钱，也不一定能买到真品好货。据说中南海的人也抽到过假烟、喝到过假酒、吃到过有农药残留物的蔬菜。

如今的中国人，经济头脑太发达了，搞商品生产的人只考虑多赚钱，别的什么都可以不顾。以假乱真，以次充好，违背自然规律，违反道德规范的

生产经营手段比比皆是。人们每天吃的，只要它是作为商品进入你餐桌的，起码有八成以上的东西是有问题的。肉是通过给猪喂添加剂长成的，蛋是通过给鸡喂配方饲料和激素产出的；粮食和蔬菜是靠化肥、靠经常喷洒农药，甚至喷洒剧毒农药生产的。

在日常生活上，我早已羡慕起农民来了。只有农民，目前算是还有口福的人。农民吃自己种的菜，他们可以始终不施农药；吃肉他们可以宰杀自家用传统方法喂养的猪；吃蛋可以吃自家散养的鸡鸭产下的。连自己吃的米，也是自家单独另种的水稻。

孙子在一天天长大。出生半年后的孩子，除了吃母乳和奶粉，就须逐步增加其他食物。蔬菜、鱼肉、鸡蛋之类的东西都得不断跟进。如何为孩子弄到好的、无公害的食物，又成了我的一道新课题。

婴幼儿如此稚嫩的身体，当然经不起被污染食品的侵害！我必须想办法，规避这种侵害，保护孙子的身体健康。

我继续坚持每天去钓鱼，而且必须钓到更多的鱼。现在小丁丁要喝鱼汤、吃鱼泥了。儿媳则需要吃得比以往更多，因为鱼最能催乳，让儿媳大量吃鱼，小丁丁才能获得足够的优质的母乳。

为了保证家中每天有活鱼下锅，我去市场买来增氧泵，又找到一口大缸，将钓到的鱼在家中像模像样地养起来。从此以后，我家随时都可吃上新鲜、干净、美味的鱼了。

比起鱼、肉来，蔬菜就显得更重要些。一日三餐，餐餐少不得蔬菜。为此，我又千方百计想办法种菜。我与老伴儿本是农民出身，只要有土地，自己种菜并不成问题。办法终于找到了，我们虽是城里人，而且还住在市中心，但我家住的是自建房，独门独户，虽占地面积不大，倒也有个小院子。以前在院子里种着花木。我赶紧将花木都给拔了，将院内凡能种菜的地方一一整理出来，买来菜籽、菜苗，进行传统种植。不施化肥、不用农药，有虫怎么办？我就每天早起，戴上老花眼镜用手捉虫。这样没过多久，昔日的小花园就变成了有趣的小菜园。一茬又一茬的绿色蔬菜在院子内茁壮成长，孙子的吃菜问题解决了。

带孙子
TAKE CARE OF THE
GRANDSON ◆

　　为了孙子，我不但要搞好庭院种植，而且还要搞好庭院养殖，要使我家那个小小的院子，成为我们家庭的食材生产基地。

　　我们这儿千百年的传统，女人生孩子坐月子，必须吃许多鸡蛋。这是产妇补元气，保健康不可或缺的。如今又时兴婴幼儿也须每天吃蛋黄。为此，我还精心设计、搭建了一个别具一格的超大鸡笼，用买来的钢丝筛网制成，放置在院内采光、通风极好又不占地的角落。将蛋鸡养在这样的笼内，能日夜沐浴大自然的阳光雨露，与放养在露天没多大区别，再喂以纯天然食料，产下的蛋自然也不差。然而笼子内毕竟养不多，仅一只鸡产下的蛋不够用。

　　我想到了我的一位在乡下务农的堂哥。

　　堂哥是我入赘他乡的叔叔所生。论亲戚我与他的关系很近。但由于我应征去部队待的时间很长，转业后又举家住进了城里，双方各忙各的，一晃已断交数十年了。现在为了孙子，我要赶紧与堂哥重新接上关系。我知道堂哥是个极能干的人，他是地道的农民，搞农副生产很有办法，在村上还很有威望。请堂哥帮忙，买一些散养的鸡蛋，是绝对不成问题的。

我赶紧来到了本县偏僻的乡村——堂哥家的住地。这儿远离集镇、远离工矿企业、远离交通线。四周是广阔的农田与树林。优美的村野、清新的空气……使我脑海中立刻跳出了"世外桃源"这个词。我驻足于小路上，听见路边沟渠内的流水潺潺，我蹲下身来，听得见泥土下蚯蚓的翻滚声。路旁草丛中还不时有小蚂蚱在轻松地蹦跳……这儿真干净、真宁静、真环保啊！不远处，见三三两两的鸡鸭在走动、觅食。农家散养的家禽，每天活动于这样的自然环境中，还吃着昆虫野草，喝着天然水。此地农民家里的鸡、鸭蛋类，其品质就可想而知了。

我向堂哥说明了来意，堂哥欣然答应。他十分自信地告诉我，这儿农家的养殖产品，质量是其他地方无法比的。虽然村民们早已不再将这种产品卖给人家了，但我却有办法满足你的需要。

从此以后，堂哥就及时地、不断地、一批接一批地给我家送鸡蛋。他是个热心人，又是个细心人。

用他的话说,小孩吃鸡蛋一定要吃放生蛋,如果你让他吃圈养鸡蛋的话,就等于让他吃配方饲料。因为圈养鸡仅靠饲料维持产蛋、每消耗一吨饲料,能产下九百公斤的蛋。这些所谓的鸡蛋、蛋黄蛋清浑浊,口感极差,孩子吃了并无好处,常吃一定有害。他还说,吃蛋还必须新鲜,存放时间过长的鸡蛋,即使原本再好也不行。为此,他不辞劳苦,开他的那辆小电瓶车,坚持以勤送少送的办法,一如继往地奔波在连接城乡两地的那条道路上,保证小丁丁能天天吃上最优质、最新鲜的鸡蛋。而我则一次又一次地认真招待前来送货的堂哥,以表示对他的感激之情。

我的孙子,出生在一个被污染的地球环境中,真是生不逢时。然而,他的身边总有人在积极动脑筋,想办法关照他,精心呵护他,他却是幸运的。

7. 走出去

小丁丁在一天天长大。冬去春来,出生六七个月的孩子,已能独自坐着,两只小手还能不停地抓举起玩具。他长得特别漂亮,宽额头,椭圆脸,五官端正。他那身皮肤雪白粉嫩如羊脂,脸蛋光洁得像个刚剥壳的煮鸡蛋。真可惜他是个男儿,要是个女孩,长大后参加世界选美大赛,或许还能夺冠。看得出来,他的相貌来自于他母亲的基因。我暗暗庆幸当年的选择,要不是娶了个美貌的儿媳,如今哪有这等可爱的孙子。

更神奇的是这小家伙还特别能招人喜欢。不管遇见谁,他总是冲着你笑,笑得无比甜美灿烂,笑

得让你不得不伸出手来，去抱一抱他、亲一亲他。以致左邻右舍不约而同地送给他一个雅号——笑星。

有了这样一个孙子，我感到比谁都骄傲。我情不自禁地抱着小丁丁天天出去溜达、串门。我知道我这是在炫耀自己的福气。过去，我羡慕人家带着孙子，抱着孙女兜风，现在轮到我了，我也要让人家好好羡慕羡慕。

我们的县城虽然不大，但抱着个孩子出门溜达，倒也显得不小。有时半天内去一个地方，光来回赶路就觉得很累。正好这时，县城破天荒开通了市内公交，一共有四路车。于是，我就每天抱着孙子乘坐公交车出游。才一二个月下来，这四路车的所有站点，都已成了我们爷孙俩到过的地方。

虽说炫耀，其实更多的是为了培育孙子。我知道多带孩子到户外、到人群中、到各种场合去，十分有利于孩子的身心健康。这还是早期开发儿童智力的举措。

在早期开发和早教问题上，我是个既有深刻教训而后悔莫及的人，又是个有成功经验而尝到甜头

的人。

我生有两个儿子。大儿子幼年时,由于我们根本不懂什么早教不早教。再则由于那时我与老伴儿都忙于工作,我在千里之外的军营,老伴儿也在较远的公社工作岗位上。把孩子放在家里,托老人进行封闭式的养育。我们只知道为孩子提供尽可能好的物质条件,保证他吃好、穿暖长好个子就行。而家中老人则致力于别饿着他,冻着他,吓着他、磕着他,不出事就行。因为怕出事,就一天到晚让他待在家里,待在自己身边,到了六七岁了,还不让他走出家门,不让他与小伙伴们一起玩耍。孩子在这样的氛围里成长,虽然其体貌还不错,但越来越显现出其人格不健全的一面。孤僻、胆小、迟钝、固执。更糟糕的是他后来还出现了社交恐惧心理,总是回避人群、害怕热闹,以致不太会也不太愿意与人沟通。他的人生因此吃了不少亏。

小儿子比大儿子小六岁,正巧赶上国家开始提倡优生优育的时代。我与老伴儿有幸接受到了早教知识。再说这时的家庭条件也有了好转。我从部队

转业后,小家庭生活正常了,孩子可以跟着我们过了。我便以早教专家的理论为指导,比较专心认真地去培养孩子。经常有意识地去训练他的听力、观察力、判断力,刺激他对事物的快速反应。我们还特别注意让他融入集体,从小培养他的社交能力。在他不满三岁时,就故意放任他与大孩子们到处走、出门一起玩。让他到商店购物,到人多的场合凑热闹……

小儿子果然越长越聪明。他反应快、接受快、适应性强,到了七八岁时,他的能力已远远超过了比他大六岁的哥哥。后来在学校,他的成绩也总是名列前茅,在工作岗位上,他又是同事中的佼佼者。

培育儿辈的经验,应在培养孙辈中发扬光大,而培育儿辈的教训,则必须在培养孙辈中认真吸取,从而将教训转化成经验。现在我要抱着小丁丁到处走、到处看、到处玩。在路途中,我不停地为他指点着、讲解着各种物体、景象和声音。他还小,似乎毫不理会,但我相信他一定也是看到了,听见了,对他的智力发展是会有好处的。到他稍大一点的时候，我特别重视培养他与人的亲和力，每天让他与更多的人接触。我要求周围的人，特别是要求小朋友们都来与小丁丁打个招呼、握个手、甚至亲个嘴。我希望他早点体会合群的温暖，感悟朋友的重要。我一定要带着他绕过他父亲的阴影，长大后有良好的社交能力。我一定要尽早去开发他的情商。

天天抱着小丁丁走啊、逛啊，虽说我这也是在享受天伦之乐，但毕竟孩子才几个月大，他不但不会走，就连自己站一站也还不行。好动的小身体压在我的胳膊上，一压就是几个小时，而且我还得不停地走着、说着、比画着。这样连续一段时间下来，我感到累了，我想降低一下出去的频率。谁知开场容易收场难，这小家伙兴趣正浓，你不带他出去，他就给你哭闹个没完；你一带他出去，他就咧着嘴笑。再到后来则一发不可收拾，他整天不愿在家待了。除非睡着了，他都要到外头去。他已迷恋大自然，迷上外面精彩的世界了。

这时，我的老岳母要替我解围。岳母年轻时身高马大，挺秀健壮，干啥都是好把式。可如今已年

近八旬。她满头银发，满脸皱纹，腰杆弯得像只熟虾儿。可她却仍然要强，总想助我一臂之力，她站立困难，只能坐着抱孩子。她让孩子骑在她双腿上，搂着孩子又颠又摇，连哄带唱，也能把孩子给"俘虏"过去。

我领悟岳母的心，感激她的为人，但我不愿让小丁丁跟着她待在家里，也不忍心让老岳母受累。我得坚持带小丁丁出去！累一点没啥，只要对孩子有利就行。

离我家不远处有块市内广场，面积不大却热闹非凡。在那儿有唱歌跳舞的，有跳绳踢毽子的。还经常有单位、组织在那儿搞公益活动，医疗咨询、义务书画等。我看好这个去处，用小推车推着丁丁上那儿玩。

这广场像过路码头，游客太多而互不相识。但也有不少与我们类似的常客，是大人带着孩子到此看热闹，消磨时间的。我一手推着小车，一手拉出丁丁的小手，要他和广场上的小朋友们一一握手，和阿姨叔叔们、爷爷奶奶们一一打招呼。由于我们基本上每天都去,又每天重复着这样的礼节,小丁丁又好似特有人缘,因而时间一长,我们爷孙俩便成了那块广场上的"明星"了。越来越多的人认识了我们,越来越多的人主动靠近我们,其中有些人还成了我们的至交朋友。

我高兴地察觉到,由于小丁丁不断接受着这种环境的熏陶,他的个性似乎越来越活泼,越来越开朗了。

8. 双喜临门

在丁丁出生那天,我第一时间就给北京的小儿子打了电话和他分享喜悦。没想到他又传给我另一个大喜讯——他的老婆,我的小儿媳也怀上了。所以说,那天我家是双喜临门。

忙忙碌碌的日子过得特别快。转眼间,小儿媳的预产期也快到了。小儿子来电话,希望我们安排人去北京照顾。

说到小儿子,他是我此生第一大的欣慰与骄傲。我这一辈子,是艰苦奋斗的一辈子。在已走过的人生道路上,为了一个又一个的梦想,我不懈地求索与拼搏,什么苦都吃了,什么累都受了!也许是老天爷的怜悯，她给了我比较高的成功几率，赐给我不少福分。而最大的成功和最大的福分，是让我拥有了这样的儿子。

小儿子的优秀，在他成年后更加凸现出来。高考那年，他以优异的成绩考入了北京的一所名牌大学。完成学业后，他得以留京，去了一家最有实力的金融部门工作。由于他表现出色，很快得到了领导的赏识，一次又一次地提拔他担任重要职务。他还不满三十岁，就已成了企业高管，成了单位领导干部。他不但在学业与事业上很成功，在家庭建设上，他也把握得很好。参加工作后不久，他与一位同行业北京籍姑娘相爱，然后买房装房、结婚、安家……每一步都自力更生，操办得有条有理。

北京是我心目中神圣、高雅、光彩夺目的地方。这跟我们这代人从小接受的教育有一定关系。在过去几十年时间里，我们都把去一次北京作为莫大的荣耀和自豪，但一直连去看看的机会都没有。直到20世纪90年代，在我已过不惑之年的时候，才算第一次到北京。那是为单位出差，办完公事，我一

口气浏览了天安门广场、长安街、王府井、西单、故宫、天坛、颐和园等北京最著名的街道与景点。

带着仰慕与热爱的心情看北京,我越看越觉得北京太美、太了不起了。它不愧是我们伟大祖国的首都,是国家政治、文化和对外活动的中心,是全世界瞩目的地方。无论从哪个角度去想,北京都是其他城市所无法比拟的。我艳羡出生及生活在这座城市的人,觉得北京人是我国城市居民中最幸福的群体。

也正是在那个时候,我得知外地人进京安家的唯一一条通道,那就是去北京上大学,毕业后留京工作,就能上北京户口。这使我兴奋了起来。我的小儿子聪明好学,成绩优秀,到时如能考上北京的大学,不就有了在北京工作和成家的希望了吗?

对,我一定要朝这个方向去努力,争取在我的家庭创造出一个奇迹!从此以后,让小儿子去北京上大学、工作、安家就成了我当时最美好的心愿,成了我人生的重要目标。

小儿子果然不负我的重望,他凭着自身的努力与聪明才智，让我如愿以偿，梦想成真。

现在，小儿媳还将生产了，这对我来说，真是一件别具意义的大喜事。我不但将拥有第二个孙儿，同时还将拥有地道的北京后代。

经过安排，我与老伴儿只能去其中一人照顾。

那是二〇〇六年的春天，我送老伴儿踏上了北上的列车。记得在车站分别时，我俩都精神抖擞，喜上眉梢。可谁也没有想到，这已为我们老夫妻长期分居，天各一方带孙子，为我们尔后旷日持久的艰辛拉开了序幕。

老伴儿离家不久，北京那头很快就传来了喜讯，小儿媳生了，也是个男孩。我给孩子取名当当，让他与大孙子相协调，丁丁当当，和谐悦耳。

在前后半年的时间内，我接连得了两个孙子，这样的收获，恐怕是世界上最大的收获了，我的得意劲儿就别提有多大了。

小儿子还很快为我寄来了孩子的照片，并在每张照片上题上词，我一边看照片，一边不停地大声发笑。所有家人都跟着我大声笑起来。不过，他们

带孙子

TAKE CARE OF THE
GRANDSON

不是看着照片笑,而是看着我的表情而笑。

我真的感到比谁都幸福,我该知足了。

人们都懂得"知足常乐"这个道理,而真正能够知足的人却很少。在实际生活中,许多人往往永不知足,旧的欲望满足了,新的欲望又开始了,这是人性的悲哀。

现在,我要告诫自己别犯这种通病,我没有理由再不满足。

忆往昔,我出生在本县最穷一个乡村里的最穷一户人家。我的整个童年,一直生活在没吃饱、没穿暖的困境中。家住的破房子几十度倾斜了也没钱修缮,只用几根毛竹支撑着度日,随时都有倒塌的危险。我上学后,家中交不起学费书费,连参加少先队的红领巾款也交不上。只因我的学习成绩特别好,老师不忍心看着我失学,每每给我全数免费,才算读了六七年书。

穷则思变,谁也不愿过这样的苦日子,我从小立志要脱离困境,改变人生。步入青年后,我选择了一条当时唯一可以走出去的路——参军。通过在部队的努力，主要是得到了党的关怀，组织的培养，我当上了部队干部，转业后又到地方政府机关任职。

我从一个不起眼的穷小子，变成了有头有脸的国家公务员。从家徒四壁的乡巴佬，变成了生活富足的城里人……我真是彻底地翻了身。如今我将要退休了，过去几十年的奋斗，虽不惊天动地，但在当地的小圈子内也算"功成名遂了"。党和政府给我的政治待遇、物质待遇都很不错，让我有了安度晚年的保障。

再看我的家庭，现在完全可以说是圆满的。儿子们已成家立业，吃、穿、住、行等各方面条件也都优越。如今他们还为我添了两个可爱的孙子，我已子孙满堂了……

想着想着，我有些陶醉了。

然而，人真的在任何时候都不能高兴得太早。正当我扬扬得意，自认为可以快快乐乐，安安稳稳享受人生，享受退休生活的时候，灾祸、困厄、烦恼等一连串的问题，正悄然向我包围过来。

9. 牵肠挂肚

小儿媳一生下孩子,自己就病倒了,咳嗽声连续不断,痰液、鼻涕几乎把她的整个呼吸道全堵塞了。其症状异乎寻常的重,经医院检查为病毒性感冒。可能与她剖腹产失血过多,体质虚弱有关。于是便进行输液、服药治疗。

刚生下的孩子需开始喂奶了,而小亲家母——小儿媳的妈却说什么也不让喂。理由是病毒性感冒的母体内都是病毒,如果这时给孩子喂母奶,不就把病毒传染给了孩子吗?她想的似乎也有道理。而在我的思想上已有了这样一个概念,孩子吃好母乳,喝上初乳,是孩子今后健康的一个关键因素。我的老伴儿当然也这样认为。老伴儿说服不了亲家母，便当场咨询医生。医生说，感冒主要由呼吸道传染，喝奶问题不大。而小亲家母却仍然害怕病毒。为此，俩亲家母之间的一场冲突开始了。老伴儿据理力争，坚决要小儿媳给孩子喂奶；小亲家母坚持反对，极力阻挠，就是不让喂！两个要强的女性碰到一起，谁也不让谁！直到脸红耳赤。无奈，老伴儿只得寄希望于小儿媳的决定了。而小儿媳却采纳了亲妈的意见，暂时不喂奶。她想待自己感冒好了后再喂也不迟。

一方面，刚出生的孩子嗷嗷待哺；一方面小儿媳乳房发胀无出路。面对此情此景，老伴儿泪如雨下，但她束手无策，只能打电话向我这个"遥控指挥者"诉说。

说遥控指挥，那只是开句玩笑。除了在千里之外干着急，我更是一筹莫展。唯一希望小儿媳身体快点好起来。

孩子只得先吃些配方奶粉了。

得知小儿媳感冒已见好转时，我真的遥控指挥

了。我赶紧打电话给小儿媳,要她无条件赶快给孩子喂奶。我在电话中强调了一大堆事前准备好的,关于孩子吃母乳的重要性理由。可谁知已经晚了。电话那头告诉我:"由于时隔多日,孩子已不愿吸吮乳头,他已只认奶瓶嘴了。再说母体乳房也已萎缩无奶了。"

完了!我那可怜的小孙子来到世上,竟没有吃上一口母乳。他只能靠人工喂哺了。

福不共来,祸不单行。小孙子出生第14天,一场更大的灾难降临。那天他脸色异常,情绪烦躁,不愿吃东西。先送去妇产医院诊治,医生说他感冒着凉,胃纳不佳。可到了第二天,孩子病情加重,他面无血色,啼哭不止。喂给他吃的东西全往外吐,吃啥吐啥,而且是不停地喷吐。这种现象谁见了都明白,孩子病得不轻,因此立即送北京儿童医院诊治。

经检查,医生说孩子得的是阑尾炎,而且已穿孔,引起腹膜病变,情况危急,须立即进行手术,否则孩子的性命过不了夜。

听了医生这番话，当时在旁的老伴儿和小儿子立刻惊呆了。问题还不在于阑尾炎穿孔有多可怕，而是出生才十多天的婴儿得这样的病，实在是无法想象！这么一点儿小毛头，就要蒙受手术之苦，这个残酷的现实让人难以接受。在这个日收诊病号数以万计的大医院里，这种情况恐怕也绝无仅有。这孩子真是太不幸了。

不立即动手术，生命垂危；动手术，手术台上生命不保！面对医生递过来的手术通知单，小儿子拿着笔，啜泣着，迟迟未能在亲人签名栏内签下字。医生再三催促快做决定！老伴儿揉揉红肿的双眼，镇定一下对小儿子说："签吧，这孩子投胎在我们这么好的家庭，应是个有福气的人，现在我们又来到了全中国最好的，在全世界也享有盛名的儿童医院治病，手术定会成功。如果手术失败，也只能怪他没这个福分，也只能证明他本来就不属于我们家的。"

在关键时刻，我的老伴儿往往能成为坚强而又能给人以力量的人。

小儿子硬一硬头皮,用颤抖的手签下了自己的名字。

我当时不在北京,不在孩子身旁,而遇到这样的事,比在场的人更揪心。连续数天,我惊魂难定,经常彻夜未眠,眼前不断浮现出孩子在医院里挨手术刀,受折磨的痛苦情景。眼泪止不住地往外流。

不知手术能真正成功吗?不知孩子他受得了吗?不知他往后的身体有后遗症吗?我忧心忡忡。千里之外牵肠挂肚的难受。简直要让我窒息。

经过一周多时间的抢救、治疗,孩子的病总算好了,出院了。

如此稚嫩的小生命,经受了这么大的一番折腾,其创伤不言而喻。日后须对他精心调养,方能恢复元气。

不管怎么说,我觉得这场劫难终归还是平息了。多少天来,我全身紧绷着的神经开始放松了下来,我可以安稳地睡一觉了。

然而事情却并没有就此结束,灾难还没有过去!

快进入五月的天气，南方江浙一带已显得有点热，这时的千家万户，只要屋内有人，都得敞开门窗，否则就会感到憋闷难受。而在北京，室外的空气还带有三四分寒意，屋子的门窗还不能轻易打开。老伴儿不知这一差别。她又是个特别喜欢空气流通的人。在老家，哪怕是寒冬腊月，她也坚持每天开一二次窗户。她认定这是改善室内空气，消除病菌病毒的有效手段，最起码会让人呼吸畅快一些。

把孩子刚从医院接回家，老伴儿就随手将窗户一一打开。在旁的小亲家母看见了，一跃跳将起来，立即将窗户一一关上。嘴里还一个劲儿地斥责着："这窗户能打开吗，孩子的身体又这么虚弱，不着凉闹病吗？"老伴儿对亲家母这几天来的一意孤行本来有气，这时又见她这般态度，心里的火气便上来了："是我不懂吗！孩子在家养病，更需要新鲜空气，这门窗关得死死的还能好吗？"她一边反驳，一边又将窗户打开。这回小亲家母似乎退缩了，她压低嗓门说了句："那不怕闹肺炎吧。"

情况果然不妙，不到傍晚时分，孩子就出现了

流鼻涕,打喷涕的感冒症状,黄昏时又开始发烧。第二天一早,小儿媳就提出快送医院治疗。可在这时,两个要强的老女人又较起劲来。亲家母有些冷嘲热讽地说:"这就是开窗户的好处吧!"老伴儿这时心里虽已后悔,觉得昨天真不该开窗,可她却也不愿认输,只想能搪塞过去就好。再说孩子病情看上去并不重,量量体温也只 38 摄氏度左右,仅是低烧而已。她认为小孩子伤风感冒本是家常便饭,有时喝点开水就能解决问题,不一定非得上医院。她争取不要小题大做,说了许多不必上医院的话。

直到第二天,见孩子病情加重,老伴儿急了,这才有了统一意见。把孩子送进医院后,被诊断为急性肺炎,病情严重,胸透见大半页肺上有阴影。

在出生不到两个月的时间里,孩子接连患重病,小小生命遭受如此劫难,还喝不上母奶,真是可怜至极!肺炎病愈后给他称了称体重,在这本应是日长夜大的初生儿阶段,他的体重竟然比出生时还轻了一斤多。

我的心情万分沉重,全家人为此也都垂头丧气,闷闷不乐。

这是天灾人祸！我诅咒可恶的病魔，也抱怨老伴儿与小亲家母她们过于要强，盲目自信的孬脾气。

在接下来的日子里，小亲家母对老伴儿耿耿于怀，总是瞅着时机说她的不是。她认定，孩子的这场肺炎是我老伴儿给害的。老伴儿不甘示弱，回击她说："你说是我害的，我也可以说是你害的，因为你不让孩子吃母乳，以致孩子体质弱，抵抗力差，所以害病。"

人世间的意气之争，本来是永远也争不明白的。嘴唇两面皮，各说各的理。

当务之急不是论谁是谁非，而是抓紧调理好孩子那虚弱的身体，让他早日恢复健康。

小亲家母这时挺身而出，她使出当年人工喂养自己儿女的看家本领，夜以继日地主持着喂养孩子的任务。老伴儿则默默当好助手，一切听从亲家母的指挥，只要为了孙子好，她已下决心委曲求全了。不过，老伴儿是有心脏病的人，经不起过度劳累与心理紧张。她又是个习惯于凡事能做主，喜欢自强

不息的人。我知道她当时的处境非常困难。

果不其然,没过多久,老伴儿就来电话告诉我,她已很难坚持下去了,又说孩子的身体已较有起色,她想回海盐了。我理解、同情老伴儿,而又不放心孙子。老伴儿一走,北京那个家只能由小亲家母料理家务,靠她一个人管好这个处于"多事之秋"的家,能行吗?我很疑虑、很担心。我对老伴儿说:如果你一定要走,那必须在走之前把那边的事安排好,还要以我们的名义,由我出钱请一个好一点的保姆。

老伴儿照此办了,她带着疲惫不堪的身体回到了海盐。

10. 忘记自我

我日夜惦念着小孙子,这个在千里之外出生、又蒙受了多灾多难的孩子,我这时还没见过他的面。现在老伴儿又回来了,我恨不能插翅飞往北京。无奈当时单位里正在进行换届工作,我又是筹备组成员,根本脱不了身。五年一次的换届工作,是政府部门很核心的事。作为机关,其他一切工作很虚,而这项工作却是实的。虽然它也流于形式,但其程序和表面文章却要做得像模像样。我虽已退居二线,而头上却仍被套着顶"新编的乌纱帽"——巡视员。拿着国家的不少薪水、待遇,平时已无所事事,难得摊上点事儿,总不能"临阵脱逃",我只得等一

等了,坚持先公后私。

谁知现在的换届工作变得越来越讲究、越来越烦琐了。不包括半年前就已开始的各项准备工作,仅正式进入程序的会期就非常长。再由于市、县及同级有关团体的换届连续进行,彼此之间还得互相照应、祝贺、捧场。一个多月下来,我仍然被扎在其中。

不!我可等不及了,我也顾不得许多了,我毅然决然提出了请假。

中秋前夕,我怀着激动又有点儿沉重的心情去了北京。

几个月以来,我身在曹营心在汉,几乎天天打电话询问小孙子的状况。小儿子近来总是对我说,孩子身体恢复很好,已看不出他曾经得过重病。还说他长得很胖、很壮,虎头虎脑云云。

儿子是不会骗我的,但我却怎么也不太相信他这些话,总认为他是在安慰我、哄我。这么小的孩子如此屡遭创伤,身体素质一定大打折扣,肯定会明显落后于别的正常婴儿。至于说孩子长得胖、壮、块头大,那本来是不可能的事。因为小儿子夫妇都瘦骨伶仃,生出的孩子哪会虎头虎脑,这不违背遗传学规律了吗。

一到北京,我急匆匆往家奔。是小亲家母为我开的门。我刚一进门,她就指着抱在保姆怀里的孩子说:"看,这就是你的小孙子。"

我只觉得眼前一亮,与我原先的想象大相径庭,出现在我面前的是一个宽额、方脸、浓眉大眼、大嘴巴、胖得特别神气,长得特别可爱的婴儿。他的模样,比人见人爱的丁丁还胜出几分。

这就是我又一个孙子吗?我立即从保姆怀里接过手,紧紧地抱着他,一个劲地用嘴亲他的脸,用手摸他的头。我兴奋得许久许久说不出话来。

小亲家母在一旁站着,我转过头去望着她那尚不太熟悉的面孔,顿时对她肃然起敬。正是她,在这段不寻常的日子里,与保姆一起,日夜精心照顾着我的小孙子。小儿媳年轻不懂事,身上又没奶,孩子出院后身体又非常虚弱,要不是她担起这人工喂哺孩子的艰巨任务,要不是她付出了十倍百倍的

带孙子

努力，我抱在手里的这个孙子怎会如此可爱。我借孙子对她的称呼，接连不断地重复着一句话：谢谢姥姥！谢谢姥姥！谢谢姥姥！

还没等我缓过神来，小亲家母突然说："走吧。"到那儿去！我莫名其妙。

小亲家母告诉我，这是她早已计划好的，等我一到，就举家搬到离北京市中心40公里外的郊区去住。至于为什么要去那儿住，她没有说，我也不刨根问底了，反正这个家最近都由她操持着，听她的，没错。我顾不得旅途的劳累，赶紧与保姆一起搬随行物品，大包小包几十件，把个专用车装得满满的，俨然是一次大搬迁。

到了那里我才知道，小亲家母这样安排，她说主要是为了我。因我家城内的那套住房面积小、我来了，连个下榻的地方都没有。而郊区却有我儿子下基层工作时，单位为他租来的一套大房子空着，不用白不用。

我进屋一看，房子果然不小，有三室二厅。可里面又脏又乱，桌面、地面、灶台上满是灰尘、污渍，

家具、杂物丢得乱七八糟。

这屋子不经过一番彻底的大扫除，是根本没法住人的。小亲家母示意让我来完成这项任务，她则与保姆带着当当去她家回避回避。因她的家就在附近不远处。

昨晚坐了一整夜的火车，又经过上午的一番奔波，我已累得够呛。可今晚我们得住到这房子里去，我必须在天黑前把房子打扫出来。我立马动手"当清洁工"，搞大扫除。

这种劳动，我本就很在行。过去在部队时，我们每周都要大干一次，官兵齐动手，直到把营房内外打扫得干干净净，把室内用品摆放得整整齐齐，经检查完全合格为止。只是现在我年岁已大，体力不支，今天我又是唱独角戏，一个人要把这房子打扫、整理出来，还是觉得非常紧张。

我抓紧时间，使出浑身解数，终于在窗外亮起路灯的时候，胜利完成了任务。

我喘着粗气，审视着自己埋头大半天的劳动成果，发现这原是一套崭新的住房，所有家具也都是

新的,很漂亮。然而我却在大镜子内发现了特别不协调的一面,那就是我这个人。湿漉漉的衣服粘贴着整个身子,头发也全湿了。脸上的汗水吸附着灰尘,成了一缕缕的泥浆水挂满脸额,只有两只眼睛还算清澈。我这才意识到,我今天给这个小世界的每个平面和角落都打扫遍了,唯独还没有打扫我自己。我赶紧跑进卫生间,用水冲淋了一下身子。刚换上衣服,小亲家母她们就进来了。

  因我的卧室内没床,小亲家母要陪我去市场买床。第二天,她带我去了很远的一处家私商城。那儿东西还真不少,价格也不贵。可我选了好几回,小亲家母都不让买。她不说东西太差就说价格太贵。我最后选中了一款要价很低的实木床,我已掏出钱来,可她却一定要砍价。店老板说什么也不让砍。我心里想,这本是一件便宜货,总价才不过一餐饭钱,何必再去砍了,因而对她说,要不我就买了算了。"不行、不值!"对小亲家母的这种口气,我虽然感到诧异,但我对她已敬而生畏,就下意识地赶紧把钱放回口袋。

就这样逛了大半天的商城,床终究没有买成。

小亲家母一心要为我买到货真价实,在她看来十分满意的东西。她提出第三天换个地方再去选购。我的天哪!我哪里舍得花那么多冤枉时间。我好不容易来一趟北京,为的是来多抱抱孙子的,而不是来逛商城的。因而这回我坚决拒绝了她的提议。我对她说我很喜欢睡地铺,看这房子又好,睡地上不也挺不错吗?于是,我的第一次北京家庭生活,历时一个半月的时间,是天天晚上睡水泥地上度过的。

我无比喜欢我的孙子。现在与小孙子终于生活在一个屋子里了,我总是尽可能多地把他抱进怀里。小亲家母看见了,却总要以命令的口气叫我放下,理由是现在天气热,抱在怀里对孩子身体不利。我不情愿地服从了她,把孩子放到童车里,然后用一只手护着童车,另一只手不时去摸他、逗他、拿各种各样的玩具给他。小亲家母在一旁注视着,当看到我给了"不合适"的玩具时,就立刻阻止,甚至当场出手夺下。在她的面前,我这个爷爷常会露出

不胜其任的窘态。

小亲家母爱管事、喜做主,说一不二的强势性格,常会使与她一起生活和共事的人觉得不自在。而我对她怀有感激之情,觉得她是个有能力、肯负责、敢担当的人。她都是为了孩子好,为了帮助这个家,还有什么可嗔怪的呢?

不过,对她不理解、不认可的人却也不少。且不说我老伴儿的那点儿看法,就说保姆吧,我来到这里没几天,保姆就开始在我面前诉起苦来,说她如何不近人情,如何主观臆断等。保姆说自己还受过专业培训,掌握着不少育儿知识,也懂得烹饪,又有当保姆、做家政的经历和经验,"可她却把我当丫鬟和小女孩使唤。在她的'指挥棒'下,我很难施展才能……"

本来,我认为北京这头带孩子没啥问题,有小亲家母管着,又有这个五十来岁、壮实得像头水牛样的保姆干活,一切皆可放心。谁知她俩之间相处得并不和顺。

亲家母是重要的,保姆也很重要。照顾我的孙子,小亲家母是指挥员,保姆是战斗员。指挥员须指令正确,战斗员须操作得当,如果互相不合拍,还心存抵触,则不能不出乱子。然而在当下,我也没更好的办法。我只能分别做些思想工作,劝保姆宽容耐心;劝小亲家母善待保姆。

我的假期很快就满了,我得回海盐了。我多么想再多待些日子,在这里每天过着汗流浃背,从天蒙蒙亮直忙到黄昏,虽然觉得特别累,但我的心里特别甜。我能为孙子的成长干个不停,付出着我所应该付出的,我感到非常充实,这就是幸福生活的真谛。无奈我还没退休,我是有组织,有工作单位的人,我还得遵守组织纪律。

小亲家母得知我要走了,讲了几句出乎我意料的话:"怎么你们又说走就走了呢?你的孙子你的家,你们不在,叫我在这里,我缺少主心骨啊。"

她的这番话,反映着一种传统观念。在带孙辈问题上,传统的责任是很明确的。当当是我的孙子,随我家的姓,我们带属于义务,也理应忙。而她带则属于义举,属于帮忙。看来,我是义不容

辞了。

对此,我当时只能先搪塞搪塞,我说,我先回去安排一下,很快就会再来。

11. 放弃自我

在工作单位里,我当时是退居二线的人。所谓退居二线,就是让你提前让位。

这些年来,机关和事业单位的各级头儿们,好像特别喜欢提拔干部。他们手中掌握着人事大权,于是每上一个新台阶,就不问下属原来的领导干部是多是少,总会大幅度调整、充实干部。调整充实,无非就是提拔一批人。我们的组织人事制度是能上不能下,新领导干部上去了,老领导干部又下不来,以致各级领导岗位人满为患。官多兵少,副职林立的部门比比皆是。

为了改善这种局面,便出台了新的人事措

施——"退二线"。就是根据干部多余状况,画一条年龄红杠,过了这条红杠的人,尽管还都年富力强,但你得把职位让开,把官衔拿掉。再给你个新的头衔,什么巡视员、调研员等不伦不类的名称。新头衔有"含金量",但并不含职责。有了这个头衔,你实际就成了一个无功受禄的人。你可以不工作(其实也没你的工作),但仍享受与在位时一样的待遇。

面对如此好事,退二线的人员却也几多欢喜几多愁。对于那些掌惯了权的人,他们很不乐意接受这种安排,他们叹惜过早失去了大模大样、八面威风的感觉。而对于我来说,则是再高兴不过了。这种古今中外很少见的人事举措,成全了我抱孙子、带孙子的需要。可谓天赐良机。

自从有了丁丁后,我就基本不去单位了。每天从早到晚在家中忙碌着。

拿着国家的全额薪酬干自家的事,这在情理上是说不通的。而在我们这个特殊的时期,我却也心安理得。因为机关内在职一线成员也人浮于事,平时上班,多数情况下也只是一张报纸一杯茶,打打电话聊聊天。而今我已退居二线，如还常去"赖"在那儿，这是不识相、不知趣的表现。更何况我现在又成了他们称呼中的"老领导"，即使我在那儿绝对不多嘴、不插手，在职领导也会感到不自在。"单位少去点，家中多待点，公事少问点，家务多做点"，是我们退二线人明智的态度。

当然，退二线不等于退休。因你的名字还在编内，单位里有某些大的活动时，你还应到场。如果你长期外出，还需请假。

我又要去北京了，这回请假我不再犹抱琵琶半遮面了，我就直截了当地说我要去北京抱孙子、带孙子。领导欣然同意，还为我罗列了许多漂亮的理由："老胡带孙子其实也不能说是私事。培养下一代不仅是个人的大事，也是社会的大事、国家的大事。因此也可以说是为公。"我感激领导的关照，也觉得领导说的很有哲理。我把两个孙子抱大带大、不也使得国家和社会增添了两位热血男儿吗？如果我的孙子将来特有出息，能成为栋梁之材，这不就为国家作出较大贡献了吗？我进一步提高了对带孙子

的重大意义的认识，进一步增添了责任意识。

正当我买好火车票准备出发时，一件意想不到的好事眷顾了我，组织上要安排我出国考察，考察地是美国。领导把那张出国申请表递给了我，要我尽快填写上报。

"出国考察"，这是近年来官场的一个热点，也是我所觊觎的新鲜活动。改革开放后，经济发展了，地方财政富裕了，公务消费水平迅速提高。以往只有高层领导和大企业老总们才能涉足的地方，现在慢慢向下开放了。以学习外国先进技术和管理经验为名的各种考察活动，一级一级地、自上而下地在党政机关内轰动起来。

对于党政领导和一般部门领导来说，这种考察并没有实际意义。是不带任务，没有压力的公费出国活动。说得更直白一点，这只是一种漂洋过海的旅游，是给领导干部的一种福利待遇。我这个刚退位的人，便偶然获得了这种机会。我心里明白，对于我来说，这是头一次，也是唯一的一次机会了。

机不可失，时不再来。我二话没说，拿起笔来，一口气就填妥了那张表。可就在这时，我的心里矛盾开了：我要是出国，那就得推迟去北京的时间，而且不是推迟三天两天，可能是十天半月的事。家中、特别是北京那头忙碌不堪的情景，小孙子渴望我抱他亲他的眼神，上次离京时对小亲家母的承诺，以及老伴儿到时心挂两头的焦虑样……一下子涌进了我的脑海。我难道真的要在这个时候去美洲吗？我能置家中千头万绪的事儿于不顾，而自己去享受改革开放的新成果吗？我带着如此大的思想包袱能轻松愉快地出去吗？

不行！我不能去。

可如果我放弃这次机会，我将使自己多年来的出国梦归于落空。我已是快退休的人了，这次安排是组织照顾搭上的末班车。再说我们这个层次的人，要不是依靠组织，在当时是没有其他任何途径，也根本没有实力所能走出国门的，更不要说去美国了。

经过激烈的思想斗争，我还是决定放弃。我在那张已经填好的出国申请表上写上"作废"二字，退了回去，并把原委告诉了领导。领导有些惊讶地

望着我,半天没说什么,直等我俩都坐下来时,他才轻声吐出四个字来"有点可惜"。

"有点可惜",这是实话。我知道我这次机会来之不易。虽说是机会,但如果没有单位领导为我竭力去争取,我是得不到这张出国申请表的。我与我的领导在工作中建立了深厚友谊。他念我过去几十年一直艰苦奋斗,工作卖力,付出的并不少,得到的很微薄。公务员过去的待遇一直很低,那是因为国家贫穷,财政困难,大家都只得过紧日子。好不容易赶上改革开放的好时光,而我们这一代人却已经老了,得退出历史舞台了。他要我在告老还乡之前,为我争取到这最后一份礼遇。现在争取到了,而我却不能接受。他为我叹息着。

谢谢领导和组织的关心与厚爱!我虽然没享受到这种待遇,但我始终感激您的恩德。我虽然很可能这辈子也再没机会出国了,但我不会后悔。因为比起后代、比起孙子的事来,还有什么显得更重要的呢?

12. 困扰

距上次去北京三个多月后,天气已十分寒冷。我带着很大的行装,又风尘仆仆赶往北京。这次,我已作好了充分的思想准备,我要全面担当角色。不论遇到什么情况,都要耐下心来,要在带孙子,培育下一代的战斗中苦干、实干,要作出一个合格爷爷应该作出的贡献。

我已与老伴儿商量好,我们老两口分头各司其职,各负其责。老伴儿在海盐照顾好丁丁,家务还有我岳母帮助;我在北京照顾当当,由小亲家母和保姆配合。对于这样的安排,我心里当然明白,那是不得已而为之。因为对于我来说,带孩子、管家

务还是个新手,而且我已是年届花甲的老头子了。

我能否就此独当一面?心中没底。多少天来我总在不断地思考着,我该怎样应对这项既平凡又神圣的使命。我想,我得紧紧依靠小亲家母的智慧和力量,她是过来人,带孩子毕竟有经验。再说,对当当而言,她的情感与我一样,都是心上长的肉。我只要与她搞好团结,心往一处想,劲儿往一处使,就不会有太大问题了。

小亲家母生性强势,我得顺应她的特点,让她的这一特点变为优点。她喜做主、爱管事,我何不顺水推舟?就让她在家务中演主角,我当配角。家里的事让她多管点,也正好能弥补我这个新手的不足之处。在我的心里,现在一切的一切都已无所谓,唯一重要的是孙子的健康成长。我一定要充分利用好身边的一切有利条件,充分调动相关人员的积极因素,为抚育我的孙子出力、显身手。这就是我的计划。

到北京家中时,当当正在被窝里睡得香。趁这时能与小亲家母和保姆一起聊上几句。我赶快把自己的打算搬了出来。我说:"我这次来会多住些日子,而家中的事、孩子的事还得靠你俩。我们三个人像个班,李姐(小亲家母姓李,我称她为李姐)是班长,有劳你担重任、多操心,我坚决服从你的领导,听从你的指挥;袁姨(保姆姓袁、我称她为袁姨)是班副,具体操作得由你领头了。我是采购员兼助理,日常所需的一切物品,我保证及时、足量地采购到位,同时,我还会努力多做各种家务,不怕苦、不怕累。"

小亲家母听后微微作笑,表示同意。

我又取出早已准备好的两份礼品,分别送给小亲家母和保姆。这次来京,我觉得自己是"正式上阵",因而事前想得很多、很细。然而接下来所发生的一连串问题,却是我怎么也意想不到的。

当当醒了,保姆赶快将他抱给我。三个多月前,也是在这里我以同样姿势从保姆怀里接过当当,可两次一样的举动却带来截然不同的感受。那一次我得到的是惊喜,今天给我的却是惊愕。我不敢相信自己的眼睛,我那个白白胖胖的大块头的孙子,怎

么变成了一个面黄肌瘦的婴儿了？原来那虎头虎脑的模样已不见了。我摸摸他的前胸后背，肋骨和脊梁骨的构造都可一根根、一块块地数得清。这到底是怎么回事？

难道是孩子有病？难道是他营养不良？难道……我百思不得其解却又思绪万千。我的情绪慢慢降落到了最低谷。

这三个月，是当当蓓蕾逢季之时，只要照顾得当，他无疑会日日见长，越长越好看。而他的身体却滑了如此大的下坡，我觉得这里定有问题。而问题究竟出在哪儿呢？这成了个谜。

又是个巧合，就在这一天，我们接到了北京儿研所的通知，要我们第二天带孩子前去接受例行体检。

主检大夫在综合各项检查结果后问："你们最近是怎样喂的？每天给孩子喝奶粉多少？"小亲家母回答说："减了，每天只喂一次，180毫升。"大夫惊讶地质问："他是人工喂哺的，早对你们说过，奶粉每天须喂三次以上，日均540毫升以上，你们怎么给撤下那么多呢!"我接着问大夫,所以他瘦成这样是吗?"可不是吗!赶紧给他补上!"大夫以命令的口气说。

谜底揭穿了,问题果然出在喂养。

小亲家母做出这样的事,显然又是她性格的负面作用所致。这时我觉得,她身上的那些要强的优点,竟变成了致命的缺点。要是别人,谁敢如此大量撤下孩子赖以生长发育的必须品。

亲家关系是十分重要的,而亲家之间的感情却又是脆弱的。这种感情是建立在子女及其孙辈利益基础上的,一旦有一方不慎损害了这种利益,另一方就不肯包容,两亲家之间再好的感情也会土崩瓦解。当当体检一结束,我早已憋满了一肚子气。不过,我想冷静应对,以免发生"战争"。要尽量让小亲家母自己去品味失误,吸取教训。然而,小亲家母对这件事却毫不在乎。在离开儿研所回家的路上,她不但没有半句自责的话,而且还一个劲儿地说:"少喂些奶粉不很好吗?当当最近虽不是很胖,可身体好啊,没病啊。少喝奶才能多吃粮,多吃粮

才有劲儿啊。"

看着小亲家母这副态度，想起她在以往许多事情上，都因主观臆断而造成了不良结果，我已忍无可忍了。

带着这样的情绪一回到家后，我再也无心做别的事，只是抱着当当端详起来。越看越觉得我孙子太可怜了，才几个月时间，他竟瘦成这个样子！越看，越觉得小亲家母的过失不能饶恕……

为此，亲家之间的又一场"战争"爆发了。是我先开的"火"。我严厉批评小亲家母的错误行为。带着怒气与怨气，发音自然又太高了。

小亲家母哪里肯示弱，她顿时暴跳如雷，用足以压倒一切的声势，口若机关枪般回击："你真是不识好歹！我为你带孙子日夜操劳，你非但不感激我，还如此对待我……"

两个都不是吃素的人，脾气本来都不小，加上如此相互刺激，没几个回合，就快要出手打起来了。已下班回家的儿子儿媳见势不妙，赶快上来劝架。他俩分别将各自的父母拉进两个房间，关紧房门进行开导，才使闹剧慢慢平息了下去。

第二天大清早，小亲家母收拾完她自己的全部生活用品，背着个大包裹，不辞而别了。

看着她临走时的那一幕，我知道这下不好办了，我的祸闯大了。

小亲家母走了，她还能回来吗？我想起以前与大亲家母争吵过后，由于我能主动承担责任，积极拿出诚意去修复关系，因而很快消除了隔阂，使亲家之间友好如初。我觉得我别无他法，还得用这种态度去解决如今的危机。可谁知不管我怎么去做，小亲家母就是不愿领情，她这次好像已铁了心了。她表示不但不再回来带外孙，而且也不愿意与我再交往了。

13. 贵人

本来,小亲家母是我在非常时期下的重要合作伙伴。她的决意离开,让我原以为很周密的计划归于落空,我满打满算的靠山靠不住了。

保姆似乎看透了我的心思。她及时过来安慰并鼓励我:"没事,就咱家这点事,有你在,有我干,岂有做不好之理!"

听着保姆的话,想到她在我家一贯的表现,我突然觉得自己人生中又出现了一位贵人,那就是眼前这位我才认识不久的他乡女子。

保姆来自京郊农家,身强体壮,聪慧肯干。更重要的是她具有为人真诚,善解人意的品格。自来到我家后，一切围绕孩子的活儿，件件都是由她所干。孩子出生以来，还一直跟她睡一起。不论白天黑夜，她任劳任怨，一丝不苟地呵护着当当，从未有过闪失。

是啊，有她在，我也不必过分担忧了。

保姆——是古今中外都有的一种特别职业人。我国改革开放以来，这一行当越来越受到社会的关注。这个群体虽然还没有统一的规范和组织，但其阵势却以惊人的速度不断壮大起来。成千上万的妇女姐妹，大量的城乡富余劳动者走进她们的"第二家庭"，用她们勤劳的双手和聪明才智，为雇主们解除后顾之忧。她们是提高城市居民生活质量，拓宽社会就业渠道，促进社会财富再分配的功臣。

如今的北京更是全国保姆职业最牛的城市。请保姆已成了广大白领家庭和富裕人群的家常便饭。各式各样的保姆中介机构、培训机构、家政服务公司也应运而生。只要你需要，你有钱，就随时可以挑一位女人进家门干活。

然而请保姆易，用保姆却不易。你能否得到一

位称心如意的好保姆，那还得看你有没有能耐和福气了。

在我耳听目睹的现实中，保姆用得好的家庭果然不少，但雇用保姆引发了新烦恼，特别是主雇关系紧张，导致不欢而散的却也属普遍现象。还有家中东西被盗的，孩子被虐待，被喂了安眠药的，保姆成为男主人小三的……也时有所闻。

有些家庭请保姆如更衣捡菜，请一个换一个，换来换去，矛盾越换越多。他们十分需要保姆，却又总是抱怨遇不上好保姆。

我觉得，这些问题不在于保姆职业本身，而在于雇佣关系的处理，在于雇主一方会不会用人。

雇主与雇工是对立统一的，两者本就是一对矛盾体。而雇主是矛盾的主要方面，只要雇主能用心去处理关系，那相互之间就会很和谐，好保姆就呈现在你面前了。

保姆进城，虽也是为了打工挣钱，但与其他打工者不同，因为她们所付出的，不仅仅是体力，还有感情。对于一个带孩子的保姆，你最需要她的，是她那份喜欢孩子、关怀孩子的爱心与感情。

保姆与你原本非亲非故，你可以用钱把她请进家门，而她能不能与全家融为一体，像自家人一样地爱这个家，爱你家孩子，这还得看双方情感的投入。

我一向认为，对保姆一定要好，一定要善待她。不要仅把她看作一个用人，而应把她看成家庭的一员。你需要她付出感情，你自己得首先付出真情。以情换情，以心换心。

与保姆在一起，我注意从各方面尊重、关心、爱护保姆。见保姆一天到晚忙个不停，我就尽力多和她一起干，以减轻她的劳动负荷。还不时提醒她坐下休息一会儿。而当她坐下时，我还会为她沏茶倒水。每天采购吃的，我不但买孩子所需要的，而且注意买些保姆所喜爱的。用餐时见她客气，我就常给她夹菜。我家那套房子小，仅两居室，保姆原先睡客厅。这客厅等于是整套房子的过道，在这里睡不踏实，尤其是一个女人，睡这里一定会觉得别扭。我宁愿自己艰苦些，我就与保姆调换，让她睡

带孙子

卧室，我睡客厅。保姆家庭拮据，我们除每月按时发足她工资外，我还会瞅机会给她一些额外补贴。每逢节假日她回家时，我总要送些东西让她带回家……

人都是知感恩、懂报答的。保姆见我这般待她，她的工作热情更高，干劲儿更足了，对我的孙子也越来越好了。除了更加认真、细致地做好分内事，她还千方百计去拓展自己的工作内容。文化不高，她竟然学背唐诗宋词教孩子；嗓子不好，她也天天与孩子一起唱儿歌。更可贵的是，她这样一个才小学文化的乡村妇女，还硬是学会了几个英语单词，在那儿教我的孙子念。

保姆在熟人面前常说我的好话，说我当爷爷如何如何不一般，甚至说我是"全北京最好的爷爷"。我心里明白，她给我这样的评价，并不是我当爷爷真的当得特好，而主要是她对我这个雇主还是很满意的。

见保姆在我家热情洋溢、工作积极、生活快乐，我感到很欣慰。一个理想的保姆，对于一个家有婴儿的上班族家庭，是显得多么的重要。特别是我家，如果仅有我一个人守家中，那将会是什么样的，我还真不敢想象。

我家保姆是可信赖、可依靠的好保姆。然而，信赖不等于依赖；依靠也不等于全靠。我知道，如果雇主本身不强，好保姆也难以人尽其才。我家保姆非常能干，而她干什么都要首先征求我的意见，因为她需要了解雇主的意图，以便干得让你满意。她以前曾当过厨师，烹饪技术极好，而我家每天做什么吃？可放些什么佐料？她都希望能得到我的交代。至于孩子的事，她更要百倍认真地与我沟通、探讨，确保不出任何差错。

由此可见，作为上阵带孙子的我，不论手下有多强的帮手，不论你拥有多好的外在条件，这唱主角的基本功是不能没有的。

我是个半生从戎的人，年轻时一直在部队。家中老婆生孩子、哄孩子时，我连回家看看的机会都极少。到我转业时，两个儿子都已长大。比起别的同龄人来，我带孩子的基础知识特别差。从零开始，从头学习,是摆在我面前的一项不可或缺的任务。我决心搞好"带职学习",在带孩子中学会带孩子;在做家务中学会管家务。

14. 充电

人类已进入高科技时代。崇尚科学,已是人们在一切生产、生活中的普遍意识。我国的总体科技水平虽未进入世界顶端,而在生育、培养孩子这方面,我们却已跑在了世界的前列。

育龄夫妇,特别是女方,无不把现代育儿知识当作自己的必修课。我的两个儿媳,都在一怀上孩子后,就开始钻研起这门学科来了。

孙子出生后,我也常借看儿媳的此类书籍。我越看越觉得,学这种知识,不仅是儿子儿媳们所必须的,像我这样正在带孙子的老人,也同样是必须的。

带孙子

TAKE CARE OF THE
GRANDSON ◆

我现在应赶快好好学会带孙子，我也要好好学会用科学方法带好孙子。我要认真读点相关的书。光看儿媳的书还不够，我自己也得拥有"知识宝库"。

我挤出半天时间，专程去王府井书店买书。

在这家全北京最有名的大书店内，目前市面上所有的正版图书应有尽有。育儿科普读物书架及展位上，各路育儿高手，专家大夫的著作琳琅满目。我认书名，翻目录，很快就挑中了好几十本。由于数量太多，我怕拿不了，因而想放回一些。可我再怎么拣，怎么看也放不回去了。我认定这些书本本都好，全是我特别喜欢，特别需要的。再说，我今天好不容易能出来一趟，应尽量多买一些才对。

我将这些书按版面大小，叠成塔形，用双手捧起"书塔"，慢步向收银台走去。

由于来这家书店买书的人太多，收银处排起了长队。我站在队伍里，见周围的人都在好奇地看我。身旁一位年轻女士则一遍又一遍地扫视着我的脸和我手捧的书，然后她开口问道："是女儿让你来买，还是儿媳叫你买的？她们怎么不自己来买？"

很显然，这些人见我这么个普普通通的老头买了这么多育儿书籍，颇感不解。在她们看来，这类书本只能是年轻人所惠顾的。

她们这种思维逻辑，自然也顺理成章。生儿育女是年轻人的事，一代管一代天经地义，千里同风。再说我要买的这些书，瞧书名就知是为年轻人写的。什么《妈妈育儿圣经》《父母必读》《怎样与你宝宝一起玩》等，却没有一本是定义给爷爷奶奶的。

这让我发现，在我们这个高度重视孩子，大讲科学育儿的社会里，原来还存在着一大误区，那就是祖辈人如今的担当与人们思想观念之间的落差。这实在该纠正一下。否则，所谓科学育儿，就难落到实处。

时代变了，我们的家庭生活变了。如今的年轻人，都已成了忙外不顾内的人。特别是大城市里的上班族，高节奏的生活使他们与孩子见个面、打个招呼的机会也很少了。不是吗？他们每天出门时天都没亮，孩子尚未醒来；他们下班回家时天已黑了，

孩子又进入梦乡了。毫无疑问,孩子在整个婴幼儿阶段的全部生活,都是家中老人操理的。祖辈不但是孙辈成长的实际帮扶者,而且是孙辈前进路线的最初导航人。如果把抚育孩子比作一项工程,那么居家带孩子的老人就是做该工程第一道工序的人。

试问,担负着如此角色的,身处科学育儿时代的我们这些爷爷奶奶们,能不与时俱进,能不学以致用吗?

我又像当年受命任职时一样,努力学起新"专业知识"来了,虽然我每天都忙得不可开交,可再忙也少不得去读一读买的书。时间靠挤,靠巧妙利用,只要用心学习,办法总是有的。每天睡前是我看书学习的黄金时间。坐在安静的卧室内,集中思想,排除烦恼,有时一次就能读上好几十页。带着问题找答案,是我学习的捷径。因在带孙子中遇到的各种实际问题,育儿专著上都有明确的解答。我就一边干,一边学。有时一手抱着孩子,一手拿着书本,都能获得好效果。

我从心底里感谢这些书的编作者们,他们以文字形式的传授、指点与教诲，不断帮助着我这个还不太会带孩子的人，使我在这个新岗位上逐步成熟了起来。有些书写得真是太好了，从小孩出生的第一天起，按周论月地教你怎样喂、怎样抱、怎样洗、怎样把屎把尿、怎样卫生防病……所有带孩子的要义、细节，无不交代得清清楚楚。只要你认真照着去做，就不愁带不好孩子。

经过一段时间的刻苦学习，努力实践，我觉得我这个人真的得到了很大提高。过去不懂的，现在懂了；过去不会的，现在会了；过去总是担心的，现在心里总算有底了。我们北京那个小区里的"同事"在一起谈论时，还有人夸我"简直快成育儿专家了"。她们见我家孙子长得特别可爱，有时还会向我提出请教。这些来自不同地区，不同岗位背景的带孙儿的人，过去都是我心目中的老师，因为他们大多是当过妈妈，带大过孩子，有实际经验的人。现在，她们却对我表示刮目相看了，还称我是她们的"老师"了。

小区里数也数不清的爷爷、奶奶、姥姥、姥爷

们都是因带孙辈而随子女一起生活的。我们有时会在一起交流思想，倾诉苦衷。大家对如今养育孩子的现象表示震惊。都说如此重视，如此讲究，如此投入地带小孩，是过去从未有过，也从没听说过的。他们对照料孩子如服侍小皇帝，培养孩子如训练小天使的做法有异议，但有一点却又是大家一致认可的，那就是"科学育儿"。大家不得不承认，如今的孩子都非常优秀，不但长得快、个头大，而且个个都特别聪明，一个个都像传说中的神童。这就是用科学方法生育孩子，培养孩子的结果。为此，大家也都在加强自身的学习，自觉摒弃传统的育儿观念与方法，追赶潮流带孙儿，谁也不愿输给别人。

15. 不可开交

都说带孩子辛苦,而这种辛苦只有亲身经历了的人才真正懂得,因此有"不养儿不知父母恩"一说。而我的结论是不带孙子不知父母恩,小区里的"同事",也都同意我的观点。大家认为,带儿女时即使很累,但那时还年轻,白天再累,晚上睡一觉就没事了。可带孙子时已上了年纪,人体这部机器已不太好使,活动起来特别费劲,恢复起来又很慢。自然更累更辛苦。

我是个从小累惯了的人,又是个转换过多个艰苦岗位,经历过各种风雨的人,而我一生中感觉最累、最难熬的,也莫过于如今带孙子了。

带孙子

就来说说我在北京最初生活的每一天吧！

清晨，天还没全亮，我设定的闹钟铃声就响了。于是我像当年在部队基层时一样，以最快的速度起床。刚刚洗漱、整理完毕，就见儿子、儿媳匆匆忙忙赶上班去了。北京交通拥堵情况严重，他们总是一下床就赶紧走人，对家中的一切，连看都顾不上看一眼。这时，小孙子当当也已醒来了。我与保姆分工合作，一个为孩子穿衣、洗漱、把屎把尿，一个在厨房内忙着做早餐。早餐还得分开做，小孩和大人吃的不一样，得忙上两阵子才行。孩子起床后得有人抱着，吃饭时，我与保姆配合默契，保姆一边自己吃，一边喂孩子；我则一手自己吃，一手抱着孩子。

用完早餐，洗涮收拾好餐具、厨房后，还得给孩子喝一次奶粉，喂一次果泥。光喂果泥这事，每次就得花上半小时以上，我用钢勺子不停地在水果上刮呀刮，不知刮了几百下，才算喂够一定的量。这时，带孩子出去遛弯，晒太阳的时间到了。城里孩子的这一户外活动，与吃喝用餐一样，是每天必不可少的程序。如果不经常出去兜风、晒太阳，孩子就会缺钙、体虚，长不好身体。这种活动的时间还须每天两次，每次一小时以上。这是科学育儿的一项基本要求。我与保姆一起用手推童车推着当当（有时也抱着他）走出大楼，去小区大院或其他有植被、有太阳的地方溜达。两个人带一个孩子遛弯儿，看似轻松，其实比室内更累。因为你得不停地走、不停地转、不停地与孩子说点什么，引导孩子看点什么。寒风刺骨，你既要让孩子接触足够的阳光，又要为孩子挡风避寒、防止着凉感冒。如果是夏天，则要防止孩子被太阳灼伤、被蚊虫叮咬……

室外活动结束后回到家中，紧接着又是忙不完的事儿。给孩子洗脸、洗手、喂水、沏奶粉……而且做中饭的时间也到了。屋子里又开始噼噼啪啪地响个不停，剁肉、擀面、炒菜、煲汤，直到做完中餐、吃罢午饭，孩子午睡了，家中才算宁静了下来。而这时我与保姆就赶快分头单干起来，保姆在家，一边看着孩子睡觉，一边抓紧打扫卫生，洗衣、拖地、冲涮厕所……动作还必须得快，要是慢了，活儿没

干完，孩子已醒来，可就不好办了。我则抓紧去市场采购，每天得买菜买吃的，这是生活的必需品。

正值隆冬季节，北方寒冷、干燥的天气，使我的两只脚底裂开了一道道大口子，踩在地上钻心地疼。割皮划肉似的大风迎面袭来。我低着头，缩紧身子，像个瘸子那样，一瘸一拐地行走在那条直线距离看似不远，而实际行程着实不近的采购路上。每天得花一个多小时走个来回，虽然已经习惯了，可双脚却日益感到沉重。这一路段，两旁还有不少建筑工地，路面上尽是尘土。北京的大风，好像都是打着旋转吹向地面的，一阵阵寒风不时扑面而来包围着我。路边早已落秃了叶的树枝上，被大风吹挂上许多大小不等、颜色不同的破烂塑料袋、塑料膜，飞飞扬扬，大煞风景。路过的天桥是铁板桥，也许是它不吸水又遇到大冷天的缘故，行人吐在桥面上的痰液、擤在桥上的鼻涕，冻成了无数浑浊的小冰块。一路上的景象，勾起我阵阵惆怅。我意识到，我当初认定的北京，原来是长安街、王府井、天安门广场以及其他著名景点的影子。以旅游者身份到北京和实际生活在北京的我,感受是多么地不一样!

东西终于买回来了,宝贝孙子也已醒来了。保姆抱着他还在忙这忙那。我赶快放下东西,接过孩子,让保姆继续干她那始终干不完的杂活。保姆又顺手将我采购的蔬菜分别浸到水里,这个动作说明,她很快又得做晚饭了。

我也不是光抱着孩子了事,我又得赶快给孩子再喂奶粉,再刮果泥了。这果泥也是不能少喂的,少喂了,孩子就会便秘。

还好,这时外边的太阳仍光芒四射,我们又抓紧带孩子出去进行第二次户外活动。

天将黑时,我们先喂孩子吃饱晚饭,然后陪孩子玩各种小玩具、教孩子看图、认字。早期开发儿童智力,这段时间不能放过……时针很快指向傍晚八点多钟了,我们便抓紧给孩子洗个热水澡,孩子开始入睡了。可这时,儿子儿媳还未回家,我们得等他们回来后,一起吃晚饭。

这就是我平凡的一天,也就是我在北京的每一

带孙子
TAKE CARE OF THE GRANDSON

天。然而,这还必须是正常情况下的一天,如果出点意外,这一天可就绝对不会如此"轻松"了。

从早晨六点钟起,一直忙到晚上九点多钟,我每天的"工作时间"都在十五小时以上。而且这种工作,是全身心投入的工作,是分秒必争的,谁也不愿掺假的工作。

当我终于可以进卧室休息时,我常累得连给自己洗个澡的力气都没了。因而往往将就一下了事。刷个牙、洗把脸、泡个脚,抓紧时间上床。在躺下的时候,我总是下意识地自言自语一句:"一天总算又拿下来了!"

经过这段时间的学习与磨炼,我自感大有长进,再加上身边有个理想的保姆,我家孙子带得确实不错。我本来忐忑的心已不再忐忑了。可就在这时,又一件意想不到的事发生了——保姆突然要走了。她是因自己儿媳怀孕快到临产期了,家中要她回去照顾。保姆遇到这种情况,我自然是无法挽留、也不该挽留她了。

无奈,我只得另请保姆。可奇怪的是,那时保姆介绍所中只有年轻姑娘,没一个有过生育、会带孩子的人,所以一时难以落实。家中的事暂且只能由我一个人扛着。这下可得把我累死了!

16. 难以招架

累,其实还不是带孙子的艰辛所在。而真正让人苦不堪言,招架不住的是孩子生病。是遇到孩子生病时的那种忙碌,那种身心的双重煎熬。

疾病是人类的大敌。孙子是我的命根子,是我心尖上的肉。每当病魔折磨孙子的时候,我总是经受着比自己生病多出百倍千倍的痛苦与焦虑。而病魔却又是最可恶、最残忍的东西,它总是把小孩子作为侵袭的主要对象。

我的两个孙子,看上去都虎头虎脑,阳刚气十足,而谁知他们都吃够了生病的苦头。特别是当当,在遭受过那场生命垂危的大病之后,接连五六年时间内，这病那病几乎没个断绝。虽然大多诊治结果证明尚属婴幼儿常见病，但有时症状特重，持续时间特长，使我被揪着的那颗心总是放不下来。再说，生病总要摧残孩子身体的，小病与大病，常见病与疑难病之间又是有一定联系的，可以相互转化的，我常想到这些，因而也常处于担心、操心、焦虑和不安之中。有时被弄得魂不附体。

当当两岁时的有一次病，起初症状很像感冒。经输液三天，服药七天后基本稳定。儿子儿媳提出要带他去游玉渊潭公园，我同意并一同前往。本想让孩子到大自然中去高兴高兴，而我见当当却一点儿高兴不起来，还时不时露出愁眉苦脸的样子。我意识到，这是他身体不适的表现。我以为他感冒尚未痊愈，于是立即中止游园，赶快带他回家休息。

到了晚上，当当又开始发起烧来，量体温38摄氏度左右。由于怀疑他还是原来那感冒，加上白天玩累了的缘故，因而未急于上医院，只是让他多喝开水并继续吃些感冒药。可到了第二天中午，体温急剧升高，已达39摄氏度多了。我急了，立即

带孙子

打电话给在单位上班的儿媳、要她赶快安排去医院。

小儿媳是个慢性子人,可遇到孩子生病时,她总能以最快的速度到达该到的地方。她打车回家接我们,很快,我们下午两点多钟就到了北京儿童医院。

这家医院的名气实在太大了,全国各地慕名而来的患者与家人,挤满了整个医院内外。挂号、看诊、化验、结账、配药……每个环节都排起了长长的队伍。我抱着当当站在黑压压的人群中干等,儿媳在那儿一次又一次地排队办手续。折腾了大半天,我们才算进入注射室为孩子扎针输液。可叫号声才喊到二千五百多号,而我们是二千八百多号。还早着呢!

从进医院到这时,我已抱着孩子连续站立了五六个小时,难免腰酸腿疼、头晕目眩。我见儿媳也是满脸汗水,她显然也已累得够呛。而医院内连个坐一坐的地方都没有,我只得将后背紧靠墙壁,让两条腿与腰部稍微减轻一点压力,抱着当当,继续耐心等待。

这样半蹲半站，抱着正在发烧的孙子等扎针，我的身心都无比难受。幸亏在这儿也得到一丝慰勉，因为我在这儿可以目睹护士们高超的医术水平。她们忙而不乱，快而有序，分别在五六个床台为病号扎静脉针，个个技术精湛、娴熟。无论给谁扎针，不管是襁褓中的小婴儿，还是已带红领巾的少年，她们都手到即成，百发百中，无一重扎。从叫号上去，到扎完针下来，一个病号用不了一分钟时间。这种超凡的专业本领，不得不让人钦佩。这样的团队，在别的医院肯定是找不到的。这也是我信服北京儿童医院的地方。然而，毕竟因为病号太多，轮到为当当扎针，还是已过晚上十点钟了。输完液已是第二天凌晨时分了。

从昨天中午到这时，我还未吃过一点东西，而我的肚子却一点不饿。小儿媳带我们走进一家通宵饮食店，要了不少好吃的，我哪有食欲？一口都不想吃。小儿媳问我是不是也闹病了。我只说，我们还是赶紧回家吧。我心里明白，我这是劳累与紧张后的习惯性反应。只要孙子病好了，我的肚子自然

就饿了。

已是凌晨两点多钟,我们才回到家中。从昨天上午到现在,当当始终由我抱着,何论赶路、等医和输液,他一分钟也没离开过我的怀抱。现在回家了,小儿媳终于接过去,把他放到床上,母子俩依偎着睡下了。

我回到自己卧室躺下,感到浑身骨架快散了似的。我默默告诉自己,得赶快休息休息,得好好睡上一觉!否则天亮以后,家里那一大摊的事儿怎么办?以往还有保姆帮助,如今保姆也撤了,我的一双手可一刻也停不得啊。

然而,不知是疲劳过度,还是情绪欠佳,或许是生物钟被打乱了,我怎么也睡不着。望窗外,见东方已近拂晓。算啦,实在睡不着也没法儿,我的睡眠本来就不好,睡不着就安静地躺一会儿吧。

正这样想着,小儿媳突然敲响了我的房门,她神情紧张而沮丧地对我说,当当又发高烧了,又上39.5摄氏度了。我一下子愣了,昨天又吃药又输液,这烧怎么还退不下去呢?我的心头出现了一丝不祥的预感。怎么办，我们一方面给当当又喂了退烧药，一方面安排赶紧再上医院。

事实上，当当已连续一天一晚的时间，始终未退过烧。以往他发烧，用退烧药很管用，喝一次起码能维持三个小时的正常体温。可这次很奇怪，退烧药喝下去仅能退掉一点点，且很快就反弹。他的体温一直在38摄氏度以上。为此，小儿媳曾面对看诊医生，一连问了好几个为什么，还问是不是得了小儿急诊？是不是得了手足口病？可医生并不搭理，继续按感冒治疗。

我支撑着极度疲倦的身躯，心神不安地抱着孩子，再次坐进北儿医输液室。我凝视着输液管中一滴又一滴的液体往当当体内滴注，脑海中思绪杂乱而悲伤：做人真的太苦了，怪不得佛教将生病列为人世五大苦难之一。就说我抱在手里的小孙子吧，才两岁多一点，疾病就带给他（同时也带给我）如此多的苦难。北京城里的马路、街道千条万条，我最害怕、最不愿走的，是这条经西二环到月坛方向的路，是这条从我家通往北京儿童医院和儿研所的

带孙子

路。而自从我到北京带孙子以来,这条路却偏偏要我特别频繁地、且不分白天黑夜地光顾。像北京儿童医院输液室这地方,数以千计的病号拥挤在这儿吊针输液,空气浑浊,咳嗽声、喷嚏声、孩子的哭闹声、陪客们的喊叫声此起彼伏。健康人坐进去,很快也就像个病人了。而我的孙子却要接二连三地往这儿钻。人生真是太无奈了。

从昨天到现在,我抱着当当从家到医院,从医院到家,再到医院来回奔波,已连续忙碌了近三十个小时,我还没合过一回眼,没吃过一口饭,没像样地坐过一坐。我已经实在太累了。这倒也不去管它了,问题是这次治疗的效果为何这么差?我抱在怀里输液的当当身上仍然发烫,他的烧还没退下!输完液时,我们再次询问医生,得到的回答是:"慢慢来,感冒总得有个过程嘛。"

回到家里,又是傍晚了。如此连续长时间地折腾,大人小孩都已非常憔悴。我觉得自己快瘫倒了,因而不管三七二十一,和衣往床上躺下了。可刚合上眼,又听见小儿媳在隔壁卧室里唉声叹气地叫喊起来。我起床跑了过去，见她在用湿毛巾和酒精棉为当当物理降温。当当这时的身体，烫得比个热水袋还烫，连他躺在身下的被褥都滚烫滚烫。量他体温，见已超过41摄氏度，我急得六神无主。

这可怎么办呢！我想打120急救电话，可拿起话筒又未按键。因为就算120来了，也无非是再送儿童医院，而我们才从儿童医院回来，而且有医嘱："得有个过程"呀！如果不送儿童医院，那又能往哪儿送呢？有哪家医院更强呢？如果就这样硬撑下去，孩子再这样烧下去，他的身体能不出大问题吗？高烧是会引起各种并发症，引起多方面器官损伤的呀！我望着儿媳，看儿媳还有何主意？但见儿媳早已惊呆了。除了眼眶里的泪花在闪烁，拿着酒精棉球的手在发抖外，她很像是个木头人了。我还想打电话告诉在远处任职的儿子，可告诉他又有多少意义呢？不就是让他跟着干着急吗？我陷入了从未有过的茫然和无助之中。这时，我鬼使神差般地拨通了老伴儿的电话，竟然在这深更半夜，向千里之外的老伴儿求助。老伴儿自然帮不了忙。而我这时仿

佛只要能抓到任何一根稻草，也都把它看作是救命稻草了。老伴儿只是在电话中着急，语无伦次地说了一些宽慰的话。

就在此时，当当的病情越发严重了，只见他紧闭双眼，握紧拳头，身体已在一阵阵抽搐起来，叫他名字他也不应。我浑身直冒冷汗，脑子一片空白。

猛然间，我又想起民间传说的观音菩萨。据说她是救苦救难的化身。不管是谁，不论遇到什么困难，只要你呼唤她的名字，求她相助，就定能逢凶化吉。我不信这是真的，我是个唯物主义者，知道世界是物质的，不存在超物质的神灵，更不相信能有如此神通广大，有求必应的菩萨。退一步说，如果真有这个菩萨，那么这么大个世界，几十亿的人口，每时每刻都会有数不清的人求她帮忙，她能忙得过来吗？人间也没理由给她如此大的工作量呀。可在这个时候，我又多么希望她是真的。面对窗外的星空，我扑通一声跪倒在地，心中念念有词："大慈大悲的观世音菩萨啊，您救救我的孙子吧！我们这样的人家，世世代代与人为善，从来顺天理行事，不该遭受这种劫难呀。即使我们有值得被惩罚的地方，那就惩罚我吧，让我来替孙子生病吧。孙子如此幼小，他病得实在太可怜了。求您保佑他吧。"

气氛沉闷、紧张，时间在煎熬着我的心。直到黎明时分，当当的身上开始出现小红点，小红点还在不断地增多。

原来当当果真得的是小儿急疹！回顾这几天来的治疗、用药，回顾我们与医生的对话，这还真不能不让人感到后怕。

丁丁的体质似乎比当当强了许多，然而在五岁之前，他生病也不少。我因此所经受的艰辛，同样比比皆是。

哺乳期间，丁丁的湿诊异常严重，腮部与下巴流出来的脓水，使衣领与被窝都会发腥变硬。海盐当地多次治疗无效，大儿媳决定去上海看大医院。那天早晨，她点名要我和她自己父亲一同前往。不巧的是我正胃病发作，上腹部疼得厉害。面对儿媳的临时决定，我很纠结，去还是不去？如果我说自己有病，儿媳当然不让我去；而如果我不去，这

带孙子

二百多公里的来回路程,以及在医院办这样那样的手续,叫儿媳一个人怎承受得了。虽说还有丁丁外公,可外公年事已高,还患有心脑血管病,已是自顾不暇的人。儿媳让他去只不过让他在翁媳之间作个陪衬而已。

我不能不去!我忍着病痛,抱着丁丁,与儿媳及亲家一起去上海。在汽车上,儿媳发现我大汗淋漓。因而赶快过来问候:"爸,你是累了还是热了?我来抱着丁丁吧。"儿媳哪里知道,我这并不是累,也不是热,而是病出来的汗呢!

每次丁丁上医院门诊输液,一般也都由我抱着进行。有一次丁丁重感冒咳嗽,去县妇保院治疗。儿媳带着看过医生,办完手续,急匆匆上班去了。我一个人抱着丁丁,坐在注射室的塑料椅子上给丁丁输液。这丁丁生性顽皮好动,坐着输液哪肯老实,他哭闹、挣扎个不停。我怕漏针,就全神贯注、连眼睛也不敢眨一下地哄着他、扶着他,熬过了两个多小时,总算完成了输液。于是,我赶快抱着他走出医院。那是寒冬腊月,我觉得我整个下身冰凉冰

凉，我低下头一看，才发现我穿着的全部裤子均已湿透了。这才意识到，丁丁早起后喝的水、医院里输的液，经他泌尿系统加工后，已不止一次地全撒在了我的身上。而那张塑料椅子又是凹面不漏水，让我的臀部浸泡在尿液里已久也。可由于注射室内很暖和，我的魂儿又始终不在自己身上，自然察觉不到。

17. 必须的呵护

面对孩子一次又一次生病的困惑，我慢慢觉醒起来了。与侵害孩子健康的病魔作斗争，我不能被动应战，而应当主动出击。

小孩子生病，虽是普遍现象，但决不等于不可避免。与其在孩子生病后花那么大精力，吃那么多苦去医治、料理，不如在孩子未病时再多花点心思、多用点工夫去预防。

诚然，无论谁家，不管哪个带孩子的人，谁都不愿意看到自家孩子生病，也谁都知道为孩子预防。我过去也在这样做。可我现在发现，我以前做得很不到位，还有太多的漏洞。我得认真反思，仔细找出差距，要进一步采取措施。我一定要拒病魔于我家门外，一定要打赢"阻击战"。

我发现，小孩子生病，绝大多数是由着凉引起的。感冒、发烧及其各种并发症，着凉是首恶、是元凶。所以，我把防止着凉，作为孙子防病的第一道防线。

根据以往的教训，孩子着凉的时间，大多发生在夜间。由于小孩子喜欢蹬被子，刚睡下时为他盖得好好的，不久就让他蹬了个精光。夜间陪护的爸爸妈妈们好睡，哪能及时察觉。为了解决这个问题，我要儿子儿媳赶紧买来睡袋，让孩子晚上用睡袋睡觉。可没想到小家伙不乐意用这东西，把他放进睡袋里，他就哭个没完没了，睡不着了。我左思右想，想了个土办法，将被子固定在孩子身上。儿媳不太会做针线，我就自己动手，一针一线地在被子上缝了两个布条套带，叫儿媳每晚将套带套在孩子肩膀上，被子就再也蹬不掉了。

南方室内不供暖，老家卧室原先还未装空调设备，我赶紧买来空调，及时请人专线安装。我嘱咐

大儿媳必须每晚提前就开上暖气,确保丁丁有一个比较温暖的就寝环境。

还有一个很容易着凉的环节,那就是洗澡。特别是在冬季里,给孩子洗澡时的室温、水温、脱衣穿衣,都须格外小心。我生怕别人把关不严,就坚持亲自为孙子洗澡。在北京,我总是用自己独创的操作方法,先同时以暖气、浴霸与热水气雾三重作用,把整个卫生间温度调到合适程度后,再将当当带入脱衣沐浴。洗完后,我不急于给他穿衣,总是一遍又一遍地用毛巾擦干他身上的水渍与汗液,直至他基本不流汗了,再为他穿上干净干燥的衣服。

相比之下,海盐家中保暖条件差得多,冬天里给丁丁洗澡,着凉的风险极大。怎么办?就把他带到公共大浴室里去洗。大浴室里温暖适宜,但那是成人顾客居多的场所,天天人满为患,一片乱哄哄的样子。带一个幼童挤入其中,如将一条娇嫩的小金鱼带进大鲤鱼群中,我又于心不忍。更让我尴尬的是这小丁丁非常顽皮,他在赤裸的人群中左右开弓,使劲用小手去打大人们的屁股。

无奈，我与浴室老板商量，专借了他浴池室里的一个角落，每次自己扛去个大浴桶，在那儿设"专池"为丁丁沐浴。

所谓着凉，是指孩子身体受体外偏低温度的突然刺激而致病。由于孩子小，无自觉自控能力。所以天气变化、生活场所变更，以及他们体力活动出汗以后，都有可能引起着凉。这就要求带孩子的人时时警惕，处处注意。我的手像一根天然温度计，一天不下几十次地去触摸孩子身上的两个部位——后背上端与小手。时间长了，我的手已变得十分灵敏，只要一接触到这两个部位，孩子身体的冷暖已了如指掌，就能及时发现问题，不失时机地采取措施。

我特别害怕传染病，因为小孩子体弱，抵抗力差，最容易被传染。特别是呼吸道疾病，其传播途径是空气，稍不留神，就会"飞来横祸"。我总是小心翼翼地带孙子躲避着，但仍有疏漏，孙子有时仍被传染了。

为了加强预防，阻断传染源，我为自己作出、

带孙子

也向家人宣布了四条规定：一是不得带孩子去人员密集的室内玩；二是不准患感冒、咳嗽的任何外人进入我家，如果自家人患了感冒，就必须在家中戴上口罩，包括晚上睡觉时；三是不让孩子接触有患传染病嫌疑的别家孩子；四是孩子在外玩要回来，就立即为其洗手洗脸并换去外套衣物。

我知道，对于我的这些规定、措施，定会有人觉得不理解，甚至会说我不近人情。然而，为了孙子的健康，我也顾不得许多了。我坚持我的原则，我干我的，让别人说去吧。

加强预防，除了防止外邪入侵，还需注意固本健体，不断提高孩子自身的免疫力，增强内在抵抗能力。我在带领、引导孙子多去户外运动，加强身体锻炼，搞好孩子饮食、确保其摄取足够营养的同时,还不断学会了一些幼儿专门保健技能。我从《育儿知识》上学到了"固元膏"的制作技术，多次去市场选购配方食材，精心为孙子制作了他们既爱吃，又十分卫生的这种小儿滋补品。我向我的两位战友医生学会了"儿童穴位保健法"，经常为孙子做推

拿、按摩……

经过我与全家人共同不懈的努力，我发现情况有了明显好转。我的两个孙子，虽说不比别家小孩强多少，但患病的频率降低了。特别是在流行病肆虐的那些日子里，在周边多数小孩被感染的时候，我的孙子基本上都幸免了。这让我很欣慰，也让我更加自信。带孙子，我不比别人有经验，然而我却比别人多了一份细心和执着。只要细心，做事就不会出乱子，只要执着，就总会出成果。

 带孙子

18. 分居

自从两个孙子来到人间，我与老伴儿就进入了遥遥无期的分居生活。

俗话说，少年夫妻老来伴。过了花甲之年的老男女们，无论其过去岁月的情感生活如何，这时却又都会与配偶如胶似漆起来。他们已真正懂得了夫妻之情的珍贵，越来越需要彼此厮守，相依为命的夫妻生活。

在北京和海盐，我所熟悉和看到的同年龄段人，几乎都是"夫妻双双把孙带"。在各自工作岗位上奋斗了大半辈子的这些人，现在都已退休了。有了孙子或孙女，他们便一道转换了角色，老夫妻成了共

同在家带孩子、做家务的"同事"和"战友"。尽管还有辛苦与烦恼，而老两口密切配合，并肩战斗，生活上能互相关心，劳动中可互相照应，眼前又有宝贝孙儿凑热闹，这还不是天伦之乐？

然而，我与他们却不一样。

我的两个儿子分别安家于祖国南北两地，两个小家庭几乎同时增添了小生命，有小孩子的两个家都需要我们，我与老伴儿的心给两个相距千里的孙子同时牵挂着。分居，就成了我俩既无奈又必然的事了。

夫妻分居，对于我来说，是重温旧梦。年轻时，由于我在部队服役，老婆在家乡。我俩结婚后，便一直分居两地，而且连续分居了足足十四个年头。谁都知道，对于两个风华正茂、血气方刚的年轻人，对于两颗彼此深爱着的心，对于一生中并不太长的青春时段，这种分居是多么的残酷。等到我部队转业时，我已人过中年天过午，老婆已徐娘半老了。但不管怎么说，我们总算熬出来了，团聚了。一家人在一起生活，其乐融融。谁知好景不长，现在又

要分居了。

现在我们老了,都已退休了,也许是因为老了,我才更加酷爱夫妻共同生活。与老伴儿在一起,我会感到生活舒坦又踏实。离开了老伴儿,即使身边很热闹,即使有再好的物质生活条件,我也会觉得孤独、失落与伤感。平时日子尚且如此,更何况现在还要带孙子,肩上压着重担,一天到晚忙里又忙外了。我常觉得自己如单枪匹马出远征,如孤身一人演双簧。不怕难也是太难了,不怕苦也是很苦。我的身体素质又不好,经常犯病,即使稍微犯点小病,就会感到浑身无力。儿子儿媳忙事业,我不愿轻易惊动他们,总是一个人硬撑着。在这种情况下,带着幼小的孙子,我心里更加想念老伴儿,常会不知不觉地湿了眼眶。

年轻时与老婆分居,我每年倒还有一个月的探亲假,她每年也可以请几天假来部队看我一次。虽说聚少离多,倒也能有个调节。可如今为了带孙子而分居,我们连会个面的机会都万难了。小孩子一刻也离不开大人,有小孩的家庭事情繁多,我俩一

带孙子
TAKE CARE OF THE
◆ GRANDSON

个萝卜顶一个窝,一年三百六十五天,谁也抽不出身来。

由于我俩的退休单位、组织关系、亲戚朋友都在海盐,各自还得应付一些必要的活动和交往。再说两个儿子的小家在我俩的心上同处一杆天平,两个孙子同为心肝宝贝,我俩就不能也不愿分别固定在北京或海盐,还得经常交换分居地。为了在交换时不影响家务衔接,不影响孙子生活,我俩一般都乘坐同一天,甚至同时段的火车,一个由北向南,一个由南向北,两人在半路上擦肩而过,却又谁也没见到谁。

回首这么多年来,我俩仅有一次换班时,难得面对面坐了一会儿。那次老伴儿先到北京半天,她是上午到的,而我买的是晚上七点多的火车。我俩总算可以在一起聊一聊了。由于说话多了些,不知不觉,我去火车站的时间已太过紧张了。我慌忙拉起行李箱,拔腿跑出门外,老伴儿赶快追了出来。她边追边喊道:"不要急、不要急!太着急了会出事的。"而那次还果真出事了。在我过北京站北侧地下

通道时，因为提着个大塑料行李箱，上电梯时不慎没踩好脚步，连人带箱栽倒在电梯上。电梯在不断往上滚，我与箱子则咚咚咚地连续往下滚。这电梯特别陡，我下滚的速度就特别快而有力。电梯上众多的同路人见我滚势凶猛，竟然没一个敢给挡一下，而只是哇哇地喊叫着，并迅速往两边躲闪着……等于为我让开了一条畅通无阻的滚道。不知滚了多长时间，不知在电梯台阶上重重地碰撞了多少次，也不知我自己是用的什么动作，我才算止住，并在电梯台阶上站了起来。

出了电梯，我觉得身上多处疼痛，特别是额头上疼得更凶。不过还好，我的两条腿仍能奔跑。我一口气奔向检票口，见进站时间即将结束，我该是最后一名旅客了。

刚上火车，我觉得额头上疼得发胀，用手一摸，才知额头上已鼓起一个大包。我去盥洗室照了照镜子，发现自己真有点狼狈，满脸青一块、紫一块的，额头上的那个包，足有半个乒乓球大，面部和耳根处还有数条血痕。可我这时的心情却出奇的好，我庆幸自己今天终于没有误点。虽然摔了如此一跤，也并无大碍，因为并没有摔成骨折或脑震荡的感觉，我还是健康的。

邻里街坊说我们总是"夫妻千里换岗"、"南征北战"。出于同情，他们还不止一次地给我出点子："你们这样未免太辛苦了，何不想想办法，把两个孙子弄到一起来带。'合储管理'，省了一副摊子，你们老夫妻也好有个互相照应。"

我何尝没想到这一点。因而在两个孙子长大一些时，我就试探着征求儿媳们的意见。我先问小儿媳，能否将当当带到老家去？那儿生态环境好，住房宽畅、空气清新，对孩子身体也有利。没想到小儿媳一听这话，一口气说出八个不字"不不不不，不不不不"。她绝对不同意将当当带海盐去。不过，她倒也同意把两个孩子弄到一块儿，办法是让丁丁来北京。于是，我便再去试着说服大儿媳，对大儿媳讲了一大堆让丁丁去北京的理由和好处。

在我的印象中，大儿媳向来善解人意，凡事好商量。而在这个问题上，她却根本没有商量余地，

带孙子
TAKE CARE OF THE
GRANDSON

说什么也不愿把丁丁弄北京去。

在儿媳那儿碰了壁，我一时还想不通。我觉得我与老伴儿带孙子早已包揽了一切，孩子断奶后，你们年轻人其实已不带，也不太管孩子的事了。要说管，你们也只不过"君子动口不动手"，难得交代几句，有时还不着边际。既然如此，为何不让我们老人有个安排？为何不理解、不支持我的想法呢？然而仔细想想，我也很快释然了。母爱是世界上最神圣、最伟大的爱。怜子之心，莫过于母。哪个当妈妈的，舍得让自己年幼的孩儿离开自己，去千里之外的地方生活？哪个母亲不希望自己的孩子天天在自己身旁。

话再说回来，如果儿子儿媳真的肯放，我真的把两个孙子合并在一起带，这千斤重担完完全全压在我与老伴儿身上，我们真的能胜任吗？事实上，我也没这个把握。由此看来，分居是天注定的事，我还是别胡思乱想了。老天爷赐给我家庭福祉的同时，搭给我一些生活的缺憾，这只能说是公平的，合理的。我得耐下心来，既分之，则安之。老老实实地继续过分居生活吧。

几年下来,我与老伴儿为了带孙子而千里分居、南北奔波的事,已成了两地圈子内的一大新闻。特别是在海盐,由于我俩原是面上人,县城乃至全县熟悉的人多,大家一传十、十传百,很快把这事传开了。有位在县媒体工作的朋友打来电话,说我的这一事迹很感人。为了下一代而不辞劳苦,甘愿放弃老夫妻共同幸福生活而不过,长期分居,其精神难能可贵,为此欲派人来采访我。我坚决拒绝了他们的好意。我做事从来不爱声张,更何况我这是为了带孙子。如果把这事当作新闻去炒作,不值得。如果说这是对我的嘉褒,我不要。因为我每天都在获取更大的嘉褒,那就是两个孙子的不断成长。

19. 在老人圈里

带孙子，使我很快融入了一个新的群体——小区老人圈。

如今的城里人，都已住进了建筑规模大、设施全、有配套服务的住宅小区。一个小区就是一个小社会。所谓老人圈，也不是过去那聚在一起乘乘凉、晒晒太阳的一堆老人，而是一个还很有活力，很有抱负与担当的社会群体。

在我们居住的那个县城小区里，仅与我同年龄段的老人就有二百多号，因而每天进进出出的，每天在院子内进行各种娱乐活动的，每天带孩子、搞采购、应付开门七件事的，几乎全是老年人。这也反映着社会老龄化的一个侧面。

北京那个小区就更大了。这里居住着两千多个家庭，其业主大多是全国各地进京落户的精英。他们在这个新开发的小区购了房，结了婚。生下孩子后，他们的父母便纷纷来此"投靠"。五湖四海的老年朋友大量拥入小区，使这里成了"夕阳红的世界"。这些老人来自不同地区、不同民族、有着不同的家庭背景，而大家有一个同样的目标，肩负着同样的使命，那就是带孙儿，替子女管家务。因而，与其说他们是来投靠子女的，不如说他们是"受命上阵"的。

刚来的时候，这些人个个踌躇满志、意气风发。是的，他们过去已成功地培养了儿女，儿女如今已成为北京市里的星星。现在，他们要为培养儿女的儿女再显身手，要为他们引以为傲的这个小家庭继续添光彩。这便是他们的理想，也是他们的天伦之乐。

随着时间的推移，我惊讶地发现，这个群体中的很多人，变老的速度特别快。来这里没几年工夫，

带孙子
TAKE CARE OF THE GRANDSON

就与他们进京的当初判若两人。与社会上其他同龄人相比，他们明显憔悴、苍老了许多。被检查出患各种基础病的人也特别多。我想，这与他们在这里的过度劳累，与他们精力、体力的超量支出不无关系。

然而，这个群体的人，却是天生忘我之辈。他们无论自己有多辛苦，不管遇到什么困难，甚至在受到委屈的时候，始终乐此不疲，义无反顾。为了孩子，为了下一代，他们早把自己的一切置之度外了。

发生在这个群体中的许多故事感人肺腑。人间大爱，人生境界真善美，在这些老人身上都有体现。

老赵夫妇来自江南一座美丽的城市，他们的独生女大学毕业后在北京工作，找了个北京男友。为了帮助女儿安家，老夫妻毅然卖掉了自己的"老窝"，用这笔卖房款加上所有积蓄，为女儿在这里买了新房，又为女儿办了婚事，帮助女儿撑起了一个家。诚然，他们也把自己的下半辈子完全与女儿女婿捆在了一起。女儿生了对双胞胎，老两口千辛万苦把两个小外孙带大了。小外孙能上幼儿园了，他俩都已筋疲力尽了，老赵还被检查出患了肠癌。可就在这个时候，家庭却发生了变故。女婿不愿接受这种倒插门式的家庭生活，携妻儿回到自己父母身边去了。

女儿女婿走了，宝贝外孙也都走了。老赵夫妇像一对孤苦的石狮子，终日待在高悬于几十层楼的，远离故土的，产权登记在女儿名下的那套房子里。

我与他们很熟，出于同情，我上门去看望他们。本想安慰几句，却让他们先安慰了我。他们告诉我：有人说他们过去的做法失策了，说老人须有"四老"（老窝、老伴、老底、老友），说他们轻易地丢掉了"四老"的一大半，以为他们会后悔，其实他们并不后悔。因为他们在这里把两个外孙带得很可爱，这是他们此生值得骄傲的事。他们还正在与亲家协商，希望今后能与亲家共同接送孙儿上学。虽然不能与孩子们生活在一起，但他们要争取为外孙的成长再做点什么，而不愿就此"颐养天年"。

老刘的儿子儿媳同在一家跨国公司任职，小夫

带孙子

妻俩经常去国外出差,有时一去就是一两个月。他们的孩子,一生下来就全托给了老刘夫妇。

带着这个爹妈常在大洋彼岸的孙子,老刘夫妇自然倍加操心和小心。一天到晚,祖孙三人形影不离,老两口一同侍候孙子吃喝拉撒,一同陪孙子睡觉,一同与孙子玩儿,连上街买菜,也总是一同带上孙子。他们最担心因为孩子还小,孩子父母又不在家,万一出点什么意外,就难以应付和不好交代了。谁知事与愿违,他们所担心的事还是发生了。

有一天,他们陪孩子玩滑梯,孩子突然爬出滑梯高端护栏摔了下来,摔成臂骨骨折。老两口吓坏了,他们拼尽全力,以最快的速度,把孩子送到最好的医院救治。大夫告诉他们,孩子只是普通骨折,问题不大,治疗后很快会痊愈,对孩子今后的健康也不会有影响。

话虽这么说,可这毕竟是个不大不小的事故,老两口总是悔之莫及。在陪孙子治疗的好多天内,他们经常用拳头击打自己的脑门,责怪自己不该疏忽了孙子玩滑梯时的危险。他们不敢打电话告诉正在国外的儿子儿媳,这不光是担心他们埋怨,主要是担心他们着急,怕影响了儿子儿媳的工作。

为了照顾孙子养伤,老两口不分昼夜,时刻百般精心地呵护着孙子,就是孙子进入梦乡的全过程,也始终保持着高度警惕,生怕他翻身时压着伤臂,影响伤口愈合。

由于孙子的骨折比较轻微,小孩子肌体的新陈代谢功能又强,孙子很快就恢复了健康,早已每天蹦蹦跳跳的,谁看得出他曾经受过伤。

儿子儿媳从国外回来了,老两口对这件事采取了善意隐瞒的态度。他们想,既然事情已经过去了,孩子也好好的了。该急的自己都已急了,该办的都已办了,一切苦楚都由自己咽下去了,何必再去翻开那不堪回首的一页,何必再去连累儿子儿媳的心了。

可事情哪瞒得住,才不过三天,就被儿媳知道了。这下可不得了了,儿媳大发雷霆,训斥罪犯似的训斥两位老人。她竟然把老刘夫妇多少年付出的爱,说成是对孩子的虐待。还说:"这样的事都会

隐瞒，其他隐瞒的事也许还多着呢！"儿媳还提出了要离婚。

此情此景，让老刘夫妇一下蒙了。他俩无半句争辩之词，只是一个劲地向儿媳道歉，请求儿媳原谅他们的这次过错。为了孙子、为了这个家的平安与幸福，他们懂得委曲求全，其他却似乎什么都不懂了。

老刘夫妇在这件事上到底有何错？我至今想不明白。

老李夫妇与亲家轮流带孙儿，半年一轮。每次都是双方四口子一起交接换班。可有一次因老李有点特殊情况，让老伴俞阿姨一人先按时到京接班，他则晚几天再来。可就是这一次，家中出事了。

那天俞阿姨刚接完班、亲家两口子及儿子儿媳就都离开了北京。亲家他们回了老家，儿子儿媳因公去外地出差。留下俞阿姨与孙子这一老一小在家。俞阿姨身体差，有高血压，如若家中风平浪静，她也还能应付。谁知就在当天晚上，孙子却突然发起了高烧，她赶快起床给孩子喂水喂药，还想方设法给孩子物理降温。却见孩子的病情越来越重,体温异乎寻常的高,还很快抽搐了起来,俞阿姨急得团团转。她拿起话机给儿子儿媳打电话,却又怎么也打不通(事后才知道,当时两部手机正好都没电了)。她想找邻居帮助,可她不认识邻居,而且这半夜三更,谁又能帮得了忙呢?她觉得这时已天旋地转,浑身都在冒冷汗了。幸好这时,她还能想到120,待拨通了120急救电话,她就晕倒在抽搐的孙子身边。

120来了,赶快将这一老一小同时弄到医院抢救。

经过治疗,孙子很快可出院了,而俞阿姨是突发心脏病,可不是说好就能好的,需继续住院观察、治疗。亲家两口子闻讯返回北京,及时去医院看望,并当着全家人的面对俞阿姨说:"你身体不好,我们反正闲着,咱们今后就别再轮换了,孩子还是由我们来带吧。"俞阿姨当即表示不同意,她哪里肯放弃这份"天职"和"权利"呀,哪怕自己身体再不好!

啊！我的老兄弟老姐妹们，你们的心与我相通，你们的事迹让我感动，你们的精神值得学习！为了咱们的后代，为了咱们自己人生的继续闪光，咱们就得勇往直前！

我与老伴儿分居，家中后来也没再请保姆。儿媳妇有当妈妈的事，还得忙上班、忙事业，也很不容易，我不忍心让儿媳再分担家务。家中每天所有的活儿，全由我一个人包了。我实际上已成了一名"家庭妇男"。带孙子、料理全部家务，是我每天的"基本职责"。

别看家务事小，做好它却并不容易。有些家务不仅费时费力，还需有能耐懂技艺才能真正做得好。特别是周而复始的一日三餐，如果你只是抱着应付、走过场的态度去做，那就不能保证孙子和家人吃饱、吃好，吃得开心。我注意到孙子用餐时的表现，当饭菜可口的时候，他就吃得又多又快，否则就吃得又少又慢，甚至拒绝用餐。有人说：现在的小孩都那样，不好好吃饭，那是他们肚子不饿，让他饿透了，就自然能吃了。这话听起来似乎也有道理，但我怎么能用这样的办法去对待孙子呢？我得从自身找原因，如果我能把饭菜做得特别好，孙子不就会喜欢，就会好好吃吗？

我在北京时，还发现小儿子他们夫妻俩特别爱下馆子，总是找机会去外面用餐，也总是要我跟着他们一起去"改善伙食"。到餐厅饭店用餐，不光花费太贵，浪费钱财，而且常去那种地方吃饭，对身体也没有好处。他们爱去那种地方"改善伙食"，无非是贪口味，图一时愉悦罢了。这使我更加看到了自己的不足，因为我不太会做饭，不能吸引他们的食欲，以致他们总是劳命伤财地往外跑！我必须得通过努力，去改变这种状况。我要认真学厨艺、学烹饪，提高自己的做饭水平，唱好一日三餐这场家务的重头戏！

我尝试看着书，按菜谱做菜，而菜谱中介绍的似乎都不够详细，而且也不适合家庭操作，所以很难奏效。看来学烹饪、学厨艺，不光要学理论，主要得学实际操作，得有人直接传授、指教才行。事又凑巧，我很快了解到在我们北京的那个小区里，

带孙子

居住着两位已退休的行家里手，一位是从星级宾馆退休的孙大厨，另一位是在大国企食堂掌勺三十多年的张师傅。他们都是经过专业培训并取得证书的人。退休后，他们拒绝了多家单位的高薪聘请，一心为孙辈和整个家庭服务，要让全家人天天享受他们的杰作，享受美味。我与他们素不相识，为了学厨艺，改善孙子及家人的伙食，我贸然登门求教。也许是我的运气和人缘都还不错，初次见面，他俩就满口答应，都表示愿意帮助。不过，他们并不十分赞成我亲自学烹饪，说最好教教我的儿子与儿媳。理由是我已这把年纪了，何必再去学这种跟油烟打交道的活儿。他们又对我说："咱们是邻居，你和孙子吃的，我们家多做一点儿就是了。"打那以后，张师傅真的每天邀我与当当上他家吃饭；孙大厨则隔三岔五往我家送来他亲手做的美食。

　　同样是市场上采购的食材，经过他们那双手，就都变成了美味佳肴，孙子总是吃得那样的高兴，那样地津津有味！这就更加坚定了我学厨艺的决心。我对他们说：你们授之以鱼，不如授之以渔，

你们一定得教会我,我要自己动手,去保证我南北两地的两个孙子都吃好吃饱!他们见我执着,便认认真真地教起我来。

在连续半年多的时间内,他俩轮流到我家,或把我邀到他们家,面对面,手把手地教我学烹饪,还把他们自己多少年积累下来的秘诀,都无保留地传授给我。经过较长时间教与学的共同努力,我觉得我真的成功了,我也能做一手好菜好饭了。我们中华民族博大精深的饮食文化,在我家餐桌上也有所体现了。每当我看见孙子大口大口吃着我做的美食,见儿子儿媳吃饭时笑逐颜开的样子,我心里总是无比感激两位老大厨的真诚与耐心,感激他们对我的无私帮助。

带孙子

20. 坚持

人为什么能活着,并且不断奋斗着?因为人有期望、梦想与追求。生活中一个接一个的目标,一步又一步的追求,构成了生命的活力与动力。

在带孙子的岁月里,孙子的每一步成长,就是我为之奋斗的目标与希望。当孙子还躺在摇篮床上的时候,我多么希望他早点会爬;当他能爬的时候,我又多么希望他能早点站起来;当他站立起来时,我又努力地训练他走路……

孙子一天天长大,这是自然规律使然,亦是我付出心血与汗水后的收获。我把他们的一次次进步,看作是自己的一次次成功。然而,这种收获与成功都只是暂时的转折。达到了一个目的，就要向新的目标出发。告别了旧的烦恼，又遇上新的挑战。

孩子在长大，客观上对你的要求在逐步深化，而且孩子主观上对你的牵制也在增加。

将孙子天天抱在怀里，我抱得腰酸胳膊疼。而到了可以放他下地爬的时候，我更累得浑身难受了。现代育儿理论要求小孩子会爬的年龄越小越好，爬行的姿势越高越好，速度越快越好。我得按要求训练孙子学爬。于是，我每天成90多度弯腰，用双手揪着孙子的腰带或捧着他的腰部，亦步亦趋，与他一起满地打转兜圈。这个动作不难，而要使一个稚嫩的婴幼儿掌握要领却谈何容易。不知经过了多少时日，不知我为此洒下了多少汗水，直至那些为学爬而铺在地上的泡沫地垫开始变色了，有的已被我们爷孙俩踩破爬烂了，孙子才算真正学会了爬。

学会走路，是孩子成长中的一个重要里程碑。过去人们都把会走路看作是小孩子身体长成，带孩子大功告成的标志。

孙子刚满一岁，我就开始训练他走路。如今世

带孙子

面上有了学步车,许多人家买这种车让孩子学走路,而我则不愿用。因为听人说,用这种车对孩子下肢发育不利,特别是男孩,还有可能造成终生走姿偏差。

我坚持发挥自己一双手,两条腿的作用,用双手托住孙子的两侧胳肢窝,让他站在我前面,与我相向而行。我的身躯还和教他学爬时一样,成90度弯腰,然后迈小步,亦步亦趋地朝前走啊走……我天天教孙子练走,自己则天天在"练功"。对于我,这绝对是一种硬功,又是一种轻功。弯腰屈膝不断地走着,双臂使劲向前伸展着,嘴里还要不停地说教着,这种滋味,是任何一个上了年纪且身体有病的人,都不难想象的。

经过近一年时间,孙子已真正会走路了。会走了,他又很快跑起来了。我又取得成功了。然而,新的麻烦紧接着便又开始了。

丁丁性格外向,性子急,动作敏捷,两条腿交替运动的节奏超常的快。自从会跑以后,他似乎已不会或不愿再走了。一天到晚,总见他在快速地奔跑。我带他到户外时，他一溜烟向前跑去，还横冲直撞，我追也追不上。如今交通情况复杂，路上各种车辆飞驰，我被吓得心惊肉跳。为确保安全，我就带他去远郊偏辟地带玩。这样虽能规避车祸危险，但去那儿仅来回路程就五六公里，丁丁到那儿后又不愿安静下来玩，而是到处乱跑，越跑越远。我不得不拼命去追赶他，着实吃不消。在家里，丁丁那强劲的跑步能力，也一天到晚给我增添着艰辛，连吃饭时也不能消停。过去，照顾他用餐还比较顺利，只要你喂他吃，半个小时准能解决问题，可现在就难了。他不爱吃主食，就以逃跑来抗拒。为了让他按时吃饱肚子，我一手拿碗，一手拿勺子，追着他喂饭。我家饭厅与院子呈开放式，院子虽不很大但分成两部分——前院与西院。每喂一餐饭，这小家伙总是从屋内到屋外，从前院到西院，穿梭着逃，飞快地跑。我紧随其后来回追，追上了就用勺子去喂，可他一闭嘴，一调头又跑，使我屡屡扑空。

大亲家母有时来助阵，她有'绝招'，她把大米饭捏成一个个饭团，比乒乓球稍大些，然后守候

带孙子
TAKE CARE OF THE
GRANDSON

在丁丁逃跑的必经路线上，待丁丁一靠近，她就来个出其不意，攻其不备，以迅雷不及掩耳之势，将饭团塞进丁丁的嘴巴。好在这丁丁有个特点，只要已喂进他嘴里的东西，哪怕他不爱吃，他也不会往外吐，而是老老实实地，有时表情无可奈何地咽了下去。就这样，我追着，大亲家母守着，连续几十个回合，一餐饭才算喂成了。

与丁丁相反，当当是一个偏内向，性子慢，胆子小的孩子。他会走会跑了，但他却不愿离开我一步。带他去室外玩，他总是紧紧拉着我的手，有时我设法支开他，希望他慢慢懂得独立，可只要我离开他视线稍远一点，他马上就跑了过来。在室内，他时刻都要与我在同一间屋子内，我到厨房做菜，他也进厨房站在我身旁，我上厕所方便，他也非要进来陪着我。过去我常说，孙子像根绳子，牢牢捆着我的双脚，使我无法自由走动。现在这当当又像个影子，一天到晚缠着我，使我基本失去了自由的空间。

21. 心神不宁

丁丁要上幼儿园了。这是孙子成长的"新纪元"开始了。我每天从早到晚捧着含着的小生命，已可离开我走出家门、融入集体、面对师长，接受外界教育了。这让我心里非常激动和自豪。还使我感到高兴的是，丁丁报上了全县最好的幼儿园。这所幼儿园离我家又特别近，步行两分钟就可到达，我接送起来会特别方便。

开园第一天，我家洋溢着一派喜庆景象，我早早地抱着丁丁，兴高采烈地送他入园。我把丁丁交给在班级门口迎接的老师，老师接过去后也把丁丁抱在怀里，然后示意我离开。我转身才走没几步，

丁丁便开口哭起来了。

早已听人说过，小孩刚上幼儿园都不情愿，开始几天免不了要哭，因而家长态度要坚决，不要担心，不要舍不得孩子哭，要坚持天天送去，孩子很快就会适应的。我硬硬头皮，不再去瞅他那已挂着泪水的小脸，毅然离开了幼儿园。可回到家里，我却坐立不安，我估计丁丁这时已大哭起来了。这孩子平时不爱哭，而一旦哭起来，声音就特别大，眼泪也特别多，看上去就特别可怜。幼儿园的老师能照顾好吗？我情不自禁地返回幼儿园。刚走了一小段路，就从幼儿园方向传来了孩子的哭声，当走近幼儿园围墙时，我愣住了，只听里面的哭叫声惊天动地。我紧靠围墙仔细听，因为声音嘈杂，听不清其中有没有丁丁的哭声。我很想进去看个究竟，但幼儿园有幼儿园的规矩，你把孩子送了进去，就得到下午放学时才能进去接回，中途是不准家长入内的。

我呆呆地站在围墙外，久久不愿离去。

下午，我提前到幼儿园大门口排队，好不容易等到开门，我第一个冲进去并直奔丁丁班级，只见丁丁两眼都哭红了，泪水还在往下流。我赶快紧紧抱住他，自己差点也掉下泪来。我问了老师，老师说丁丁是班里哭得较厉害的一个。

第二天送丁丁去时，我抱着他刚踏进幼儿园大门，他就开始大哭起来。我虽然铁着心把他交给了老师，但我已根本无心回家了。我站在幼儿园西侧马路旁，隔墙聆听里面的动静，这回让我听清楚了，丁丁那响脆的哭声让我撕心裂肺："爷爷！爷爷！爷爷……"他以每分钟五六十次的频率，一个劲地哭叫着"爷爷"，且持续不断地哭叫下去。我再也忍不住了，眼泪夺眶而出。我立马跑进门卫室，要求进去看看。本来门卫是不准放人进入的，因那天值班的人正好与我相识，便特殊照顾了我这一回。

我刚走到班级门口，就被丁丁发现了。他举起双臂，飞也似的向我扑了过来。我蹲下身去抱住他，老师也立即走到我的身边。老师没说话，但我心里明白，老师是不欢迎我这样做的。

到了第三天，丁丁的嗓子也哑了，说起话来像

带孙子

只公鸭子了,他只爱说一句话:"我不要去幼儿园。"我觉得他实在可怜,提出暂时不送,想让他在家休息几天再说。可大儿媳坚决不同意。她说,如果不能坚持到底,就有可能半途而废,孩子今后再也不愿上幼儿园怎么办。

经过近一个月时间的磨合,丁丁上幼儿园这事总算成功了,他已能高兴地去了。虽然,接下来的日子也并不太平,特别是小孩子在幼儿园的交叉感染等弄得我烦恼不堪。但孙子又迈上了一个新台阶,他已成为幼儿园真正的小朋友了,这毕竟是值得庆幸的。

第二年,当当也要入园了,我换班在北京,又是我打头阵送他。

有了丁丁那一次的经验,我提前作准备,趁早给当当"打预防针",给他灌输幼儿园美妙的信息,告诉他幼儿园里如何好玩,小朋友如何又多又可爱,老师比妈妈还好……希望在他心中积聚正能量,早日爱上幼儿园,顺利过好第一关。

不过,我在调动孩子积极因素的同时,自己的消极因素却挥之不去。这当当胆小、娇嫩,而且他那所幼儿园离家很远很远,一路上还得横穿两条马路,一条铁路,过一个地下通道。所有路段车水马龙,交通混乱。不说别的,就说我每天能否安全、按时地接送孩子,也很难有把握。

当当第一天入园,全家倾巢而出,我与儿子儿媳一起送他到班上。老师接过他时,他倒笑容可掬,高高兴兴地投入老师怀抱,还主动举起小手向我们说了声再见。

见他这个样,我非常高兴。我想,也许是准备工作做得好,看来当当入园情绪不成问题。可到下午我去接他时,才知情况并不妙。他的一双小眼睛与去年今日的丁丁一样,哭得很红很红。老师还对我说,他今天哭了一整天,喊了一天的爷爷。

我的两个孙子竟然都那样,在生活的转折关头,在他们感到不安与焦急,需要寻找保护的时候,都首先想到了我,呼唤着我。在他们幼小的心灵里,爷爷已成了他们最值得信赖和最可依靠的人。这进一步激发了我的爱孙之心,我觉得我更应认真去保

带孙子
TAKE CARE OF THE
GRANDSON

护他们,满足他们。

然而,幼儿园是不能不上的,第二天,我用新买的电瓶车送当当去幼儿园。

北京城给世人的印象是那么美好,谁知我送孙子上幼儿园的这条路却非常糟糕。路面年久失修,有的路段已坑坑洼洼,我的小电瓶车常被震得突突乱跳。擦肩而过的各种车辆玩命似的疾驰,那些司机们没丝毫同情心,他们好像谁都没看见我这个老头车上还带着个小孩,一辆辆紧挨着我们呼啸而过。特别是那些高大得似小山的黄河车,更猖狂得不可一世。它们尾部卷起的尘土和喷放的尾气,恨不得要把我们爷孙俩冲倒在马路边。我被吓得毛骨悚然,心跳得扑通扑通作响。现在车祸事故那么多,我知道我带着小孙子走在这样的路上,包含着多大的隐患,面临着多少危险!然而,我不走这样的路,又能走怎样的路呢?

我胆战心惊地把当当送到幼儿园,一遍又一遍地嘱咐当当乖一点,好好在幼儿园,爷爷下午就来接你。而当当今天一反常态,他对展开双臂接他的老师乱推乱踢，说什么也不许她靠近，两条小胳膊紧紧勒住我的脖子，大哭大叫起来："爷爷啊！爷爷！我不上幼儿园呀！我要跟你回家！"任凭怎么哄，怎么去掰他的手，他就是不松开。老师上来帮忙了，我与老师两个大人合力对付一个小孩，才算把当当镇了下来。当我回头离开时，当当进一步放开嗓门号啕大哭，其哭声十分惨烈。我的内心在翻江倒海。我怜悯孙子，后悔我刚才的举动显得生硬而无情，用这样近乎暴力的手段，强迫孩子入幼儿园，这必要吗？难道这是我当爷爷所应该这样做的吗？我纠结而懊恼起来。然而，不管怎么说，我只能正确面对孩子上幼儿园这件大事，我只能目睹着孙子的可怜样，还须不怕困难，冒着危险，坚持一天又一天地接送当当。

随着时间的推移，当当似乎也已勉强接受了这个现实，他不再拼死拼活地抗拒上幼儿园了，但表情上仍是那样不乐意，特别是在我接送他的路上，他总是与我一样，满脸的苦涩与惊恐。时过深秋的北京，常有冷空气来袭，我用电瓶车接送孩子，一

路上已感到十分寒冷。特别是清晨，有时顶风赶路，当当的小脸上、脖子上满是鸡皮疙瘩，小嘴唇乌黑铁青，小手冻得冰凉冰凉。我心疼至极，但却还得分分秒秒快跑在这条路上，因为得争取按时到园。

劳累、紧张、忧闷、恐惧，日复一日困扰着我，我的身体终于垮下来了。我每天觉得胸闷气短、四肢无力，有时心跳如脱缰的马儿在狂奔。我用自己的手按脉搏一数，每分钟心率达一百四五十次。我快支撑不住了，靠不断地卧坐休息缓解体力，勉强应付着日常家务。正在这时，当当也生病了，他不去幼儿园，待在家里吃药养病，我倒也觉得轻松、踏实了一些。

因为我与老伴儿又要换班了，我带着半病的身子回到了海盐。

22. 抗争

　　人一旦上了年纪，许多老年性疾病就会接踵而来，这是很难避免的自然现象。老年人得些常见基础病，靠修修补补度时光也属正常，对带带孩子，做做家务也不会有多大影响。然而，老年人最怕突发性病变，如引起心肌梗死、脑中风之类，那就要命了。

　　我的体质早已下降了，平时小病小痛不少，在不到五十岁时就患上了高血压，埋下了心脏病的隐患。

　　我觉得我最近的心脏活动很异常，这种异常带来的不适，常使我感到莫名的恐惧。经再三考虑，

带孙子

我决定认真做一次检查。经县人民医院大夫的初步诊断，说我的冠状动脉出了问题，要我住院治疗。但经各项仪器检查却又找不到确属证据，因而未确诊为冠心病。

经过三天住院治疗，我自觉症状消失了，精神与体力尚好，因而向主治医生提出了出院要求。主治医生对我说，你的病目前虽不能诊断为冠心病，但不等于你的心脏没问题。从你的发病症状和年龄看，你患冠心病的可能性很大。出院可以，但一定要加强自我保护和防范意识，一定要注意休息。

天哪，我早已听说过冠心病的可怕，发作起来会引起心肌梗死，几分钟内即可置人于死地！但愿我还不是这个问题，但愿医生这是在吓唬我。

一回到家里，我看到眼前全是需要干的活儿。有小孩的人家本来事多，我又是个追求完美、近乎洁癖的人，看不过的地方太多，要动手做的事儿也就更多。为了使家中一切有条理，为了让孙子生活在一个较美好的环境中，我早已忘记了自己身上的病，早已忘记了医生的嘱咐，立即投入了万分忙碌

的家务中。

在出院还不到一周的一个午夜,我的病再次发作,这次可厉害了,我迷迷糊糊地从睡梦中惊醒,心跳的速度已无法按脉搏能数得清了。时而在剧烈地狂跳,时而又停顿数秒钟。跳跳停停,停停跳跳,心律混乱不堪。胸憋闷得喘不过气来,额头上冷汗直冒。我这时有一种濒临死亡的感觉,我意识到,只要我胸腔的那颗心停顿后不再起跳,只要我那口气喘不上来,我这辈子就这样结束了。我想到了社会上并不少见的人因心肌梗死,瞬间丢了性命的惨剧。我突然害怕起来,我还从来没准备过死,要是这时就大难临头了,我可怎么办?我得赶快呼唤在隔壁房间酣睡的儿子、儿媳过来,可我哪还喊得出声。我告诉自己,此时可千万不要太紧张,越紧张越不妙。我得努力挺住!我尽力使自己镇静了下来,慢慢地翻身下了床,两只手扶住床沿,似爬非爬,似走非走地挨近房门,咚、咚、咚……我使出悉数的劲敲响了我的房门。

儿子很快过来了,他不解地问我怎么啦,我示

带孙子

意他把儿媳也赶快叫过来。大儿媳来了,她说要马上送我去医院,我不同意,因为我要他们、特别是要儿媳过来,并不是让他们来救我,我知道这半夜三更,对一个因心脏病发作而可能断气的人,急忙送医院也未必是上策。我只想万一要死,在临死之前对他们得有个交代。我觉得我有太多的事必须向儿子儿媳交代清楚,然而我却只有气无力地说了一句话:"要关爱丁丁,一定要把孩子带好。"这样太简单了,但我又觉得已足够了。对于我和这个家来说,带好我的孙子是最大、最核心的事,除此之外的事,都已不必讲了。

说完这句话后,我觉得身体舒服一些了,刚才那种濒死的感觉在逐渐消退。

天亮时分,大儿媳把我送进了县人民医院,并为我办妥了一切住院手续。我正式以心脏病患者病号,第一次接受正规治疗。

经历了这场疾病,我对生命、对人生又有了新的认识:人活在世上,当你健康、顺当的时候,你可以气吞山河,可以叱咤风云。而在自然规律面前,在遇到病魔、在阎王爷要请你回去的时候，人的生命是最脆弱，最不堪一击的。年轻时，也许谁也不相信自己真的会死，而当你老了，当你有重病的时候，才真的知道死神是必须、而且很快会降临到自己头上的。人生本来有限得很，即使是无疾而终，最多也只百来年光阴。人们把人的一生比作水面的泡、过眼的云，听起来有点夸张，而如果把一个人活着的时间放在地球生物历史的长河中，如果拿一个人的生命与整个人类历史比，那么，就连水面上的泡、过眼的云也不如，真是太短暂了。然而，为人一生却又是很有意义的。因为人生是肩负着重大使命的，人类历史是传承的，只要你切实完成好使命，做好了你一生该做的事情，那么你就很了不起，你就是在人类历史发展中有过作为，有所贡献的人。

我害怕死，我还不能死。我这辈子虽然也已做过不少事，但我还没有完成使命。如今摆在我面前的、带孙子这件大事，我是无论如何不能放弃的。现在城里人都要把孙子女带到上初中，才算功德圆满，我才开了个头，我可不能"出师未捷身先死"。

不做好这件事,不亲眼看见我的孙子长大,我会死不瞑目。我得好好治病,今后好好锻炼身体,好好为自己争取到足够的时间,去做好、做完我这辈子该做的事。

23. 养生

我也开始注意起养生、保健来了。

说到养生,这是当今社会最热门的话题之一。由于人口老龄化和生活水平大提高,健康、长寿、就越发成为广大中老年人不懈的追求。

长寿被向往、养生被推荐、百岁被期望,越来越多的人都在忙于琢磨如何使自己活得更长、更久。电视广播、报刊、网络、街谈巷议,专家说、学者说、医生说、禅师说……讲动的、讲静的、讲营养的、讲吃素的、讲喝水的、讲进补的、讲甩手的、讲泡脚的、讲打坐的、讲打拳的、讲跳舞的、讲游泳的、讲爬山的……好家伙,真是高人如林,妙招百出。

小区内、公园里、广场中、马路旁,到处可见健身的人们在活动。一到傍晚,各种舞曲便响彻云霄。

然而,我对这些却一直不感兴趣,也从不参与。这不光是我很忙,没时间,主要因为我并不相信这些招数真的管用。我觉得,世界上真正长寿的人,并不是那些刻意追求长寿的人,也不是那些研究长寿的专家、学者与高人。山村里的老农,他们不懂养生,只求谋生;不懂健身,只爱劳动;不懂休闲,只惯安眠;不懂营养,更不懂空气质量,而他们却是最健康长寿的群体。那些百岁老人,也大多出自这样的人群。所以,对于自己的健康与寿命,我只是抱着听天由命的态度。

疾病教训了我,生活经历启迪了我,我对自己的过去作了反思。我这才意识到,一个人如果长期脱离大自然的沐浴,长期处于室内相对静止的工作与生活状态,身体确实会衰弱致病。我为什么从一个曾经拥有甲级身体,当兵体检各项指标优等的人,变成一个体弱多病、甚至罹患心脏病的人?除了年龄因素外,主要是我从中年以后彻底告别了室外工作环境，改变了健康的生活习惯，成为一个一天到晚坐在办公室，长年累月待在室内、守在家中做事，并且又不主观运动的人！

我不能再这样下去了。我必须调整自己的生活方式。我也要跟着时代脉搏，走出去锻炼身体了。

我选择了户外步行和晒太阳，坚持每天抽时间下楼，在小区或马路上阳光照耀的地块快走，进而还小跑步。一月、两月……半年多过去了，我发现奇迹真的在我身上慢慢出现了。我的胃口越来越好了，过去每天腰酸腿软的感觉逐渐消失了，最值得高兴的是，我那心律不齐的症状没有了。

原来，锻炼身体的好处还真的不少。

我马上想到了我的孙子。在他们还很小的时候，我倒也按照《育儿知识》和医生建议，注意把他们带到室外晒晒太阳，接触接触外面的世界。可后来他们长大了，带出去不易管控了，这个事情就中断了。

如今城里的孩子，物质生活条件绝对优越，他们每天吃得好，喝得足，各种儿童营养品，滋补品

充斥家庭。去儿童体检站看看,几乎所有受检孩子都"超标",家长对此还都感到美滋滋的。自家孩子长得越快,超重超长越多,就越有成就感。女孩子到十一二岁,体态就丰满得像个大姑娘;男孩子才读初中,身高和体重就已超过了他们的父亲。而在这个让家长们都引以为傲的现象中,却潜伏着一种不小的危机,那就是这些孩子的体质都不行,他们身体机能差,抵抗力差,自然适应能力差。

我的两个孙子,看上去长得很好,也挺漂亮,而他们的体质却有点像温室里培养的花,经不起考验。稍冷会感冒,稍累会生病。如果不加强锻炼,不提高身体素质,他们今后怎能更好地走上社会,经风雨见世面?看来,带孙子,还应当带着他们锻炼身体,增强体质。

我立即行动起来,坚持天天带孩子与我一起到大自然中去锻炼。

在海盐,我最喜欢带丁丁到海滨公园去运动。那是一个利用原生态稍加开发建成的公园,自然条件得天独厚。一边面向浩瀚的大海,一边紧靠茂密的林带，阳光充足，空气清新。公园景点不多而道路平坦宽阔，每天游客又十分稀少。我们爷孙俩到这儿跑步锻炼，真是个难得的好地方。

丁丁本是个外向好动的孩子，带他去那儿运动，他总是显得特别的开心。我叫他跑在前面，我跟在他后边。他似乎也已经懂事了，不再像过去那样横冲直撞地乱跑，已能按规矩跑在我指定的路线上。他跑大步，我跑小步，我俩的行进速度和运动强度也就正相协调。每次都跑到我们微微出汗，丁丁小脸蛋已红光透亮为止。

就这样，我把这项运动作为丁丁每天的必修课，也作为我自己的必修课。

北京没有这么好的自然条件与运动环境。小区内仅有的一块小场地和一条林荫道上，老人孩子人满为患。小区外马路上一天到晚车水马龙，人行道上每时每刻来往行人匆匆，带个孩子出去跑步真有点难。我到处寻找，总算发现了一个可去的地方，那是附近铁路旁的一个绿化带内。因北京市申奥成功，为了向全世界展示北京的市容市貌，为奥运会

增光，市政府下大力气整治环境。那段铁路原是脏乱不堪的瓦砾垃圾带，经过整治后已变成一个绵延数公里的绿化带，绿化带中心还修了条长长的道路，正好可利用在这条路上跑步，我便带着当当每天往那儿去。

在这条路上跑步果然还不错，可问题是晒不到太阳。紧挨绿化带南侧的那一座接一座的高楼大厦，把整天的阳光都遮挡住了。

我现在对阳光已情有独钟。通过学习养生理论与健身实践，我认识到阳光对生命，对健康是无比重要的。地球上本无生命，正是阳光作用于水等其他物质，才产生了细胞，产生了生命。可以说，生命是太阳晒出来的，健康也是太阳晒出来的。生命如果离开了太阳，就会衰弱、衰竭。山村里的人为何健康长寿，是因为他们晒太阳较多，袁隆平的身体为何这么好，是因为他天天都在田边地头搞科研，晒太阳。

为此，我就分成两个步骤，带当当进行每天的锻炼。先在那条绿化带道路上跑上一定时间，然后再找个有太阳的地方休息,坐着专门晒太阳。可这当当跟着我跑步还行,现在跟着我静坐已不行了。他耐不下心来。我哄他,他不听,我抱他,他不要我抱,他就喜欢到树底下,到墙脚边去掏蚂蚁,捉小虫。于是我想了个吸引住他的办法,我每天拿上许多他爱玩的小珠子,分别藏进那块能晒到太阳的草地中,然后让他去找。每天给20分钟时间,按找到数量为他计分。找得越多,成绩越大,奖励越多。当当乐此不疲。我每天要他晒太阳的目的也就达到了。

运动、锻炼贵在坚持。由于我的执着和家人的共同努力,我家很快养成了每天带孩子到户外运动的习惯。一年四季,从不间断。这样,两个孙子的身体便越来越健康了。最明显的是丁丁食欲大增,一改过去用餐又慢又挑剔的毛病,变成一个粗粮细粮样样都爱,荤菜素菜什么都好的武气男儿。当当原先是个虚胖的孩子,也很快变得结实有劲了。

在此,我要特别奉劝那些住进高楼大厦,天天与孩子待在家里的老年朋友,为了让你家孩子更好

地成长,也为了你自己延年益寿,你一定要赶快锻炼起来,带着孩子走出家门,走下楼梯,去享受大自然的沐浴,去领受太阳的恩赐。

24. 重要的一环

我还要从各方面去培养孩子的体育爱好，提升他们的运动兴趣，寓锻炼于玩耍之中。

过去常听说外国的小朋友玩具多，现在我们中国的小朋友玩具更多。有孩子的家庭，都拥有数也数不清的各类玩具，其中有些还属于体育用品。当爸爸妈妈的，没时间陪孩子玩，只知给孩子买。亲戚朋友间送礼，也喜欢送玩具。以致家中玩具成堆，孩子不去玩，还闲占着不少地方。

我们家的玩具，以往利用率也极低。其中有的只是开封一下，孩子不碰，大人不管，新玩具快成老古董了。我得赶快改变这种现象，要让玩具发挥

应有作用,让孩子充分利用其中的小篮球、小足球、儿童车等体育用品,让孩子用作锻炼身体,增强体质。

我首先分别教丁丁当当学会骑各种车子。从悠悠车到小三轮;从三轮自行车到两轮自行车;从三轮滑板车到两轮滑板车;再到平板滑板车。孩子每学会一种车技,我都要花费不少心血与汗水。而孩子每掌握一套玩法,也就多获得一项体育锻炼的机会与技能。

车技教学成了,我就再教他们打球。我自己本是个小球类爱好者,教练起来还比较上手。不过孩子还小,像乒乓球这种技术性很强,且需要配套设施的运动,要教他们学也确实不容易。幸亏海盐小区内条件不错,只要我们拿着球和球拍出去,便随时都可在小区公用球桌上打起来,再加上大儿媳也经常为丁丁陪练,使丁丁很快就学会并喜欢上了打乒乓球。可在北京就难了。由于小区里人多球迷多,公共乒乓桌旁满是等待打球的人,有时我带当当去那儿排队,半天也轮不到一回。无奈,我下决心自己搞设备。发挥我年轻时学过木匠的一技之长，买来材料，借来工具，亲自做了一张儿童乒乓球桌。从此以后，我每天抽时间与当当在这张乒乓球桌上练球，终于使当当也学会了打乒乓球。

小球学会了，我又教他们学大球。其实我自己根本不懂大球，别说不会打，就连看也没正式看过一场。所以确切地说，我只是陪他们玩大球。我让他们致力于篮球投篮和足球射门，就这两个动作。我的目的很明确，我并不想让孙子今后成为运动员，而只是要他们现在锻炼身体，使他们强壮起来。

游泳是必须要学会的。这不仅是锻炼身体的需要，而且是掌握生存技能的需要。为了能同时陪两个孙子一起学游泳，我在夏天入暑时把丁丁弄到北京，在北京小区附近找了个游泳馆，还专门请了个教练。

教练以一带二的办法，按规范同时教我家两个孩子。开始时还比较顺利，丁丁当当表现都挺认真。可当学过基础动作，教练要他们跳水正式学游时，问题出来了。两个小家伙都不愿配合教练，就是不

肯跳。教练便装出一副非常严肃的样子，猛地将他们推下水去，吓得他们惊恐万状。他们慌忙爬了上来，一溜烟扑向我。我见他俩都已面如土色，白眼球已变红，显得很可怜。可教练却强拉着他们继续去跳。我对教练的粗暴手段很是不满。丁丁当当这回爬上来后，分别紧紧拉住我的左右手，说什么也不愿再跳了，并央求我马上带他们回家去。

我质问教练，为什么要他们如此去跳水？我们是来学游泳的，并不是来学跳水的呀！教练说，这是个必需环节，跳水就是为了学游泳。说着又伸手来拉孩子。丁丁当当哭着躲闪，根本不让教练得手。见教练已开始吹胡子瞪眼，我也没好气地对教练说：请你不急，别生硬嘛！孩子还小，你这样不吓着他们了吗？教练见我这样说，便转身走了。

第二天，丁丁当当本已不愿去游泳馆，经过我的再三劝说，他们虽答应去，但提出一个条件，那就是不要教练。我对他们说，没人教，你们怎么学呢？他们便说："那我们就要爷爷教。"

想不到他们还会来这一招。不过我想，要我教，

其实也未尝不可,不就教他们学游水吗?

于是,我干脆辞退了教练,自己挺身而出,换上全副泳装,与两个孙子一齐下到水里。这家游泳馆条件真好,游泳池大而人性化,池水清清,灯光灿烂,各种器材、设备应有尽有。这让我触景生情,想起我自己小时候学游泳,在家乡农村的小河道内,脚踩淤泥,头顶水草,没人教,没人管,更没有任何设备,全凭自己想学敢闯,不也很快就学会了。因而我首先教育孙子一定得有勇气、有决心、有信心、跟我学跟我游。我忘却了自己的年龄,每天带着两个孙子在游泳池内疯狂起来。就这样连续一段时间,丁丁便会游起来了。这时我虽已累得浑身酸痛,可心中喜悦,谁还去考虑自己累与不累!丁丁也是信心倍增,见自己学会了,连家都不想回了,每次到点后也不肯上来,非要我陪着他继续游。

与此相反,当当本来就缺少信心,现在又见丁丁已学会并越游越好,也许他已产生失落感,因而打起退堂鼓来:"爷爷,我不想学了。我不要游泳锻炼,我还是去跑步打球锻炼吧。"他向我这样提

出请求。

"那怎么行呢?这不光是锻炼,还是今后工作与生活的需要啊!"我回答他。

"工作又不是去水里工作,生活又不是在水里生活!"

"如果你长大后搞水上勘察、搞远洋运输,这不天天跟水打交道吗?"

"那我就干别的,我不干水上、海上的工作。"

"如果你今后当兵,当一名光荣的海军战士,你怎么当得好?"

"那我就不当兵。"

"你不当兵,大家都不当兵,谁来保卫祖国?"

我与当当类似的争论,有时还十分激烈。不管怎样,我得想办法教育引导他继续学下去,我一定得让两个孙子都学会游泳,现在只成功了一半,我誓不罢休!

可事又不巧,正在这时,我突然病倒了。医生说我是劳累与受寒引起的休克,要我必须好好治疗,好好休息,近期内不得再下游泳池了。于是,这一年暑季就这样过去了，孙子学游泳的事就这样终止了。

第二年夏天，我迫不及待地带当当又去了那家游泳馆。这回我自己以一带一的办法，自己设计了当当学游泳的方案。针对他胆子小，做什么事都小心翼翼的特点，我不再强调要他大胆、勇敢，而是采取温和轻松的办法，带着他慢慢下水，慢慢进入主题。开始几天，我站在游泳池内，用双臂托着他，让他匍匐在我的臂膊上，然后展开四肢，慢慢练习游泳动作。后来我在他背部捆上许多块泡沫浮板，让他毫无恐惧，不太费劲地在我身边游动。等他动作熟练了，我就趁他不备，逐步撤去那些泡沫浮板。一般是每天撤下一块，最后全部撤完了，他也不知不觉，同样在那儿游得很好。等过了三天后，我才告诉他真相。当他知道自己已徒手游了三天，便又惊又喜地笑开了。

两个孙子都学会游泳了。其他体育技能也都已掌握了，我感到心花怒放。

从此以后，丁丁当当都像变了个人似的，他们

每天都高高兴兴地出去,快快乐乐地运动,实实在在地锻炼。我敢肯定,这必然会促进他们身体健健康康地成长。

25. 学会做人

孩子成长中所需要的东西，真是太多太多了。从物质的到精神的，会让你应接不暇。小孩子自己提出的各种要求，有时听上去会比较荒唐、烦人。然而我想，我们应尽量去满足他们的要求。孩子所要求的，就是他所需要的，需要的就是合理的，就应该得到大人们的支持。

丁丁当当入学前，都特别爱听我讲故事。开始时，他们三天两头要我讲，我也还能应付。因我一向爱看书，诸如童话小说之类的东西，也曾看过不少，肚子里还有些"故事底货"。可时间一长，我的底货消耗殆尽。我只能重复着讲。谁知小家伙一

听就跳起来了:"早已听过了的,我不要听,一定要讲新故事!"更使我犯难的是,后来他们已不满足于三天两头讲了,而是天天都得讲。当当竟然还提出:"爷爷最好一天讲两个故事,上午一个、下午一个。"

这让我始料未及。没想到讲故事又讲出了一副我挑不起卸不掉的重担!不过转而一想,我又觉得这未必不是一件好事。孙子长大了,有思想了,需要走进情感世界了。我何不利用讲故事,去陶冶他们的情操,提升他们的情商。人在世上,情商第一,智商第二;做人第一,做事第二;人脉第一,财富第二。从小培养孩子讲感情、重道义,长大成为思想品质优秀的人,这是最最重要的。

于是,我积极地把这副担子挑起来。首先是想办法搜集故事,给自己充电。我翻遍了家中藏书,把其中的历史名著和有关经典整理出来,并且又跑了多家书店,选购了大量儿童故事书籍。凡是被我看中的内容,我都要连续读上两遍以上,直到自己能脱稿讲述为止。

为了给孙子讲故事，为了能通过讲故事对孙子有所启迪、有所教育，我开始学着老师讲课的做法，每天晚上进行"备课"，对第二天所要讲的内容列出纲目、注出重点、写出思考题。

　　我给孙子讲故事有特殊讲究，有独特讲法。在讲《哪吒闹海》时，重点讲哪吒尊师爱民、见义勇为、孝敬父母的情节，而不讲哪吒杀龙太子抽筋剥皮、自刎身亡等极端行为。在讲《西游记》时，我既按原著顺序一回一回地讲，又在每一回中专门点评唐僧师徒的表现。赞扬他们在西天取经路上忠心耿耿、团结友爱、一路行善、为民除害的好品质。同时也批评他们各自的一些过失，指出过失原因。

　　每次讲完故事后，我还要提问题。叫孙子自己谈一谈感想。

　　但凡故事，无论是古今中外的，其人物性格都很有感染力。故事中的正面人物，一般都思想高尚、品德优秀。别看小孩子小，他们却也爱憎分明。他们总是称正面人物为好人，敬爱、崇拜正面人物，甚至模仿正面人物的言行。我抓住机遇，以故事正

面人物为重点,对孙子进行道德品质教育,向他们幼小的心灵中,不断灌输温良恭俭让、仁义礼智信的东西。我要求孙子以正面人物为楷模,学好人,做好孩子。还经常用正面人物的事迹鞭策他们。

随着时间的推移,我欣幸孙子身上逐渐萌发出传统美德的幼芽。丁丁很小就懂得节俭,人家小孩都要大人们买这买那,而他却总是要大人们省一省。有时带他去商店买必需品,他竟然会问价还价,喜欢拣最便宜的买。有一次我去幼儿园接他,因为天正下雨,我叫了一辆三轮车。听说坐三轮车要付三元,他就不太愿意了:"爷爷,我能走着回家,这三元钱还是省一省吧!"听这么小的孩子说这样的话,我和三轮车夫都感到十分惊讶。

我对丁丁说:我们走回家,衣服就淋湿了。我们不坐车,三轮车大伯就得不到这三元钱,他这是在工作,也是在做好事,我们应该支持他,帮助他。听我这么一说,丁丁才高兴地上了车。

三轮车夫把我们送到家后,只收两元钱,说这路程很近,是两元的价。我说了声谢谢。这丁丁便一连说了五六个谢谢，逗得三轮车夫哈哈大笑。

当当对人特有礼貌。他不分亲疏尊敬老人，见到小区内的长者，总能首先称呼，还会主动让座。对待同龄小孩，他也懂得礼让，从不与小伙伴们争抢吵闹。受到街坊们的交口称赞。

两个孙子都很有爱心。在家人面前，他们不但很听话，而且已能表示关爱。见老太太（我的岳母）年事已高，丁丁常会主动帮她端茶杯，拿东西，吃饭时会给她一次又一次地夹菜。我在北京有时感冒了，当当会催我多喝开水，还不让我干活，要我坐着休息。

他们已知道感恩了。当当入学后写的第一篇日记是：《我为爸爸洗袜子》。这是他平生第一次洗东西，也是第一次写作。

我问当当，你为什么想着要给爸爸洗袜子？他爽朗地回答我："因为爸爸天天为我做事，做了很多很多的事，我也要为爸爸做点事。"

有一年暑假丁丁在北京，小儿子要安排一次出境旅游，带孩子一起出去见见世面。为了鼓励丁丁

当当学些旅游知识,小儿子用知识抢答的方式,让他们答题,并给予奖励。丁丁的第一反应是:"我要努力答题、多拿奖金,出去多为爸爸妈妈买点纪念品回家!"他果然答对了许多题目,得到了二百多元的奖励。在旅游时,他一分也舍不得为自己花,而是全部给爸爸妈妈买了东西。

可见,丁丁当当的感恩,已不是鸦能反哺,羊知跪乳那么简单了。

不但对自家人,对邻里亲戚、对熟人、朋友也一样。在他们眼里,凡是与我家有交往的人都是好人,他们都表示感激。我的堂哥等几位亲戚,是我家常来常往的客人,要是其中有人多时不来,丁丁会叫我打电话请他们来吃饭。

对帮助了我们的人,他们总不忘及时感谢。丁丁六岁那年,小儿子带我们去山东烟台观光。返程那天,烟台有个对口单位招待我们吃过晚饭,安排专车送我们到火车站。由于去火车站的路程较远,又遇车流高峰,市内交通堵塞情况严重,车子难开极了。大家都心急起来,怕耽误了上火车时间。为我们开车的司机更是又急又累，早已汗流满面。

车子好不容易赶到火车站后。由于我们着急，一下车后都忙着朝候车室走去，大家都忘了向司机打个招呼。却见丁丁及时转过身去，走到驾驶室门口，向里面的司机叔叔道谢。我与小儿子这才想起来，也赶快回头去向司机道谢告别，并深深地亲了亲丁丁。

感恩不仅是美德，也是立身之本。人不能像其他独立体那样出现在世上，他是社会的人，群体的人，绝对少不得他人，离不了别人。你不但需要与亲人，而且需要与社会正面所有的人融合在一起，互相照应，互相依靠，互相直接间接地提供方方面面的服务，才能生存和发展。

懂得感恩的人，才是真正受欢迎的人。懂得感恩，才懂得付出，才能成为有作为的人。懂得付出，才能获得回报。大家都懂得感恩，才有我们这个五彩缤纷的人间。

我要继续教育引导孙子重爱心，学会感恩。

26. 放不下的心

孙子上学了,我的"工作"轻松了许多。早晨将孩子一送出,要到傍晚才去接回家。

然而,告别一天到晚忙活以后,我却丝毫感觉不到清闲,相反,在我的心里又平添了不少牵挂与担心。

我对孙子知根知底,他们在我身边,我凭直觉就能一切照顾到位。可他们去了学校,老师能照顾周到吗?他们能吃饱喝足吗?跟那么多小朋友在一起,都合得来吗?他们会不会受欺侮,受委屈呢?

虽然我也明知,我不可能总带着他们,他们总得离开我走入学门、走进社会、走向他们自己的天地。但我总觉得我家孩子不够泼辣。不知是受家长遗传,还是受我长期说教的影响,他们都显得过于和善。丁丁又是班里年龄最小、个子也最小的一个,当当在小区内都很胆怯,别说去更远处了。这样的人在校园里,读书学习也许没问题,但碰到风波,抑或遇上顽皮强悍的小朋友,就难免要吃亏。

情况果不其然,丁丁入学的最初阶段,经常遭到班上同学的欺凌。开始时,他还不跟家里说,是我发现他放学时总不太高兴,因而追问他到底为什么。这才知道有几个顽皮生,经常在下课时拿他当"戏靶",不是打就是闹,不是推就是拉,弄得他非常苦恼。

我的神经顿时紧绷起来。我问丁丁:"他们打着你了吗?他们个头大吗?"

"他们是大个,有劲。班里的同学都打不过他们,我更不是他们的对手。"

"那你肯定被他们打了?"

"还好,他们很难打着我,因为我有绝招。我打不过他们,但躲得过他们。他们想打我时,我就

带孙子
TAKE CARE OF THE
GRANDSON

拼命地逃，我人小跑得快。有时我往小树林里一跑，他们就没法追了。"丁丁说着他如何躲避"战乱"，倒还越说越起劲，越说越自豪。

这可怎么办呢？我知道，在小学班级里，一般总会有那么几个顽皮生，他们以打斗，欺侮弱势同学为快事。老师很难管得住他们，家长也鞭长莫及。他们有时无法无天，很令人头痛。虽听丁丁说他没被打着，但既然时不时受到他们的侵扰，也终归是让人沮丧的事。我得想办法管管这件事了。

正在左思右想之际，一桩刺痛我心头的事发生了。那天一早，大儿媳告诉我，丁丁昨晚睡觉时说胸口很疼，说是被班上一个赵姓同学打了。胸口表面倒看不出什么异常。

我暴跳起来：这还得了，这肯定被打得不轻！我要儿媳马上带丁丁去医院检查，并要她立刻告诉班主任老师，并告知赵姓同学的家长。我准备视情追究有关人的责任，决不放任。

经医院检查，丁丁没事。下午丁丁放学回来，自己说已一点都不感觉疼了。儿媳还说老师表示关切，赵姓家长也在电话中道过歉了。

这件事就这样过去了，而我的心却没平静下来。我想，这虽说是第一次，而今后说不定还会有第二次、第三次。再说，这次也是丁丁自己告诉后才知道的，还不一定是第一次哩！孩子在学校老受到暴力侵害，这可是个大问题。

不过，我也拿不出什么好的办法。思来想去，还得靠孩子自己。我对丁丁说，下次再遇到有人打你，你必须把握"三部曲"，第一是大声呵斥：不许打人！要有气势，要使自己的声音响到足以让全班同学听见；第二是立即报告老师，让老师出面制止；第三是以牙还牙。他打你，你也打他。要拿出勇气来，给对方点厉害看看，不要让对方觉得你软弱可欺。

"爷爷，你不是要我们不打人、不骂人，做讲文明、讲礼貌的好孩子吗？"丁丁说。

"人不犯我，我不犯人。讲文明，做好孩子是必须的，而对于不讲道理，不守纪律并且知错不改的人，对于损害文明的人，就不能迁就，不能无原则退让。人家要打你你只是逃避不是个办法，要敢

于反击,要让错误行为人付出代价,受到教训,他才会收敛,你也才能保护自己。"我这样教导丁丁,但我心里明白,丁丁真能这么去做,恐怕还早着呢。

第二天我去学校接丁丁时,找到丁丁的班主任老师。由于我心中的气仍未消,因而没好气地冲撞了这位老师:"你们不但要教孩子学文化知识,更要管好孩子的在校生活。我家孩子老被班里同学打,你们知道吗?管了吗?"

对一位年轻女老师发这么大的脾气,我知道自己有些粗鲁,但我又觉得我是出于无奈。

没过多久,我又与老伴儿换班去了北京。当当这时上幼儿园大班,我每天都提前送他,目的是趁接送时段家长可进入园门的机会,特意去观察当当与小朋友在一起的状况。虽未发现他受欺,但总觉得他在强势小朋友面前显得怯弱。我还是担心。

真是怕什么来什么。有一天放学时,我接当当刚从幼儿园大门走出,突然蹿上来一位男孩,拔出拳头就朝当当背上乱打。我赶忙抓住这位男孩,发疯似的大声呵斥起来:"你为什么要打他!你是哪家孩子，你再敢打人，看我不也打你！"顿时把这男孩吓得惊恐发呆了。在一旁的这位男孩的爷爷见我这样子，也慌了神，他一边骂着自己的孙子，一边高节奏拍着我的肩膀，连说："好了、好了！"他不知是在表示赔礼道歉，还是在表示对我的不满。看着人家这一老一小，我感觉到自己有点失态，有点过分了。小孩子打打闹闹本是常事，我不该如此大发雷霆。再说，人家孩子同样也还小，被我这般呵斥，人家就不心疼吗？哎！我也不知自己怎么搞的，我向来是个温和的人，如今却变得像一匹粗暴的老狼！

后来，我常用物质刺激的办法，买来一些小孩子爱吃喜玩的小东西，叫孙子带去学校，分送给那些最顽皮的小朋友，与他们套近乎，以达到"化干戈为玉帛"，让对方在打闹时手下留情的目的。

我又与儿子儿媳商量，让丁丁当当都参加跆拳道课外班。我对孙子说：要你们学点武艺，不是为了去打架，而是为了防身，为了锻炼身体，为了增加自信。你们一定要记住，在我们这个世界上，好

人和朋友总是绝大多数,正义总是主旋律。你们今后不论到什么地方,都要与人为善,都要带着一颗感恩的心,去与所有正面的人和谐相处,合作共赢。而作为一名男子汉,在万一遇到社会丑恶现象、遇到不法侵害时,就不但要能够保护自己,而且要敢于担当,去保卫正义,保护大多数人的利益不受侵犯。

27. 矛盾

我无比爱我的家,爱家中的每一位亲人。

对于儿子和儿媳,我向来视他们为两对宝贝疙瘩。我喜欢他们,宠着他们,处处替他们着想。这不仅是普天下所有父亲的天性使然,还因为他们都特别值得我去爱。小儿子的优秀、大儿媳的贤淑人所共知,就说我那大儿子,他虽然能力很有限,但他为人真诚,勤恳踏实。小儿媳似乎不太懂事,但他却懂得孝敬公婆,对待我与我的老伴儿,比对待她自己父母还好,常使我感到她不像儿媳,倒像是我亲生的闺女。

我们父子之间、翁媳之间、婆媳之间关系融洽,

带孙子

一大家子自然十分和谐。可自从有了孙子,这种和谐却发生了微妙的变化。现在回想起来,其主要原因是我的情怀发生了变化。

过去,儿子儿媳在我的眼里是孩子,现在,他们是我孙子的爸爸妈妈。我心中那杆爱的天平,一下倾到了孙子这一头。过去,我百般宠爱、包容着儿子儿媳,现在,我集所有宠爱于孙子。同时,我还严格要求儿子儿媳集中精力去爱我的孙子——爱他们自己的孩子。我希望他们做合格、优秀的爸爸妈妈,希望他们能顺着我的心去做好带孩子这件头等大事。

站在这个角度上看,我发现儿子儿媳身上还存在着太多的问题。他们不但不太会带孩子,而且还很不用心。他们对孩子还爱得不深、不细、不到位。至少离我的期望还相距甚远。

于是,我对儿子儿媳的不满情绪滋长了。对他们在抚育孩子中的批评、指责、越来越多甚至吹毛求疵。有时,我虽然也意识到我这样做会给儿子儿媳带来压力与不快,但我又觉得我必须这样做。因为带孩子的事太重要了，谁也没有理由懈怠。你们是孩子的爸爸妈妈，责任大如天！我是你们的父亲，我有权管教、督促你们履行好这份天职。你们对我都不错，而我要你们对孩子更好。对我的孙子好，就是对我最大的孝。否则就是不孝，就是忤逆！如果你们在这件大事上失职、犯错，我决不会放过！不会宽容！

大儿子生性老实，有时做事不太靠谱。我常说他是个不合格的父亲，要求他抓紧多学《育儿知识》，多向同事、亲戚中那些有小孩子的伙伴们学习、看齐。由于我总觉得他长进太慢，对他的抱怨、斥责越来越多，终于导致他改变了对我的态度。他从一个向来对我尊重、听话的儿子，变成一个执意对我反抗，甚至与我唱对台戏的人了。有一次，我让他陪着正在室内玩耍的小丁丁，他不让丁丁玩这玩那，才三岁的小孩子哪会听从，不但继续玩得欢，还将一本硬硬的书抛在了他的脸上，险些砸到他的眼睛。情急之下，他不由分说，举起手来就给丁丁一巴掌，打得小丁丁哇哇直哭，煞是可怜。对此，

带孙子

我怒不可遏！冲上去便连珠炮似的痛骂他，还用右手食指狠狠戳了他的额头。他顿时发火了，忽地站起身来，举起拳头向我示威："你不要以为我软弱可欺，你要打我到什么时候！"这意思是说，我小时候你可以打，如今我也是当父亲的人了，你还拿我当小孩，我可要不客气了。

后来又有一次，因小丁丁爬上了他正在充电的电瓶车，他拎起丁丁，粗暴地往地上一放，正好被我撞见了。我当即厉声责骂并数落了他。这回他更是歇斯底里大发作，竟然对我破口大骂。我记得他过去从不会骂人，未骂过任何人，没想到他今天骂自己的父亲却还这么厉害。正是傍晚时分，他的骂声响彻夜空，邻里街坊肯定都听得清，这让我这个好面子的人无地自容。我不知所措，慌忙改用婉言劝他住嘴，可他这时哪肯听我的，反而越骂越狠。我真恨不得挖个坑把自己埋起来了事！

我伤透了心，我一连数天食不甘味，卧不安枕。我想不通，我的儿子怎么变成这个样了呢？你怎么能这样对待你的父亲，又怎么能这样对待你的儿子呢？你不尽心尽力呵护孩子，还对丁丁施暴，我不能不管呀！打孩子是我最忌讳的事，打在孙子身上，疼在我的心上。如果你再敢打我的孙子，我宁愿就没你这个儿子！

为了孙子，我与儿媳之间也免不了冲突。在一个周六的早晨，小儿媳与当当为用早餐事发生矛盾，倔强的小当当不但与妈妈争论起来，还当众动手打了一下妈妈的嘴巴。小儿媳一把夺下当当手中的饭碗，还把当当拉进卧室，关起门来处罚。

开始时，我竭力忍着，虽觉得小儿媳做得有些过分，这么小的孩子，用小手无意识地打了你一下，你何必太当真了。但转而一想，她是妈妈，管教儿子也理所当然，我不应该多加干涉，不能拆她台、损她威信。可没想到小儿媳这回脾气很大，在卧室内与当当没完没了地闹腾起来。只听卧室内哭喊声，打骂声乱成一片！我心疼孙子，早已在外边坐立不安。五分、十分、二十多分钟过去了，我似乎还听不出她要收场的迹象。我再也忍不住了，于是先后两次边敲门，边喊小儿媳快出来。

带孙子
TAKE CARE OF THE
GRANDSON ◆

小儿媳平时也很听我的话，可今天对我却置之不理，她装作没听见似的，继续在里面斥责当当。

我发怒了。都说发怒的人是零智商，这话不假。我这时早已忘记起初的想法，全然没了理性。我握紧拳头乱打、伸出脚去乱踢那扇被她关得死死的门，门被打击的响声惊天动地。

小儿媳这时赶忙开了门，与我撞个面对面。我便大声怒斥小儿媳的不是！小儿媳一声不吭，一扭头便奔家门外走了。

这一走分明不是好兆头，但由于我在气头上，因而根本不去搭理。等到我冷静下来后，我才越想越觉得不对劲。于是就给小儿媳拨打电话，可电话怎么也打不通了，她已关机了。

我抱着孙子，呆坐在家中等待。等到中午，不见小儿媳回来，等到快吃晚饭了，仍不见她回来；一直等到天已黑下来了，还是不见她回来……我紧张起来了！小儿媳跑哪儿去了呢？会不会出事呢？我又给住在京郊的亲家打了电话，希望小儿媳能在娘家。可亲家那头回答：没见到她。这时我更着急了，我意识到问题的严重性，小儿媳的离家出走，即使她人身安全没问题，也会给我们这个家庭关系蒙上阴影，带来不测。

我要求小儿子赶快出去找。小儿子只丢给我一句话："现在还上哪儿去找？"

那天晚上，我辗转反侧。后悔、自责、无奈、惘然……直折腾到东方拂晓，我不愿再躺在床上了，我赶快爬起来，从我二楼的住处，走向儿子儿媳十二楼的住处，我轻轻推开房门向内张望：谢天谢地！只见小儿媳已酣睡在她的床上。我悬着的那颗心才算放了下来。

带孙子

TAKE CARE OF THE GRANDSON

28. 保护

现在国内外的人都说，中国的孩子太娇贵了。说独生子女都已成了"小皇帝""小太阳"，福气太重，享受太多、吃苦太少……而在我看来，这种说法是完全不符事实，起码是十分片面的。

从物质条件看，我们现在的孩子确与过去不能比，可以说要什么有什么。而物质生活的富裕，仅仅是孩子幸福指数的一个方面。与此相反，如今孩子的精神生活，却可以用"痛苦"二字来描述。他们爱玩、爱嬉闹的天性，无忧无虑的童真，却都已被无情扭曲了。他们一天到晚，长年累月地承受着来自老师和家长的巨大压力，把整个童年时光都投入了学校和各种课外班,把全部精力都花费在读书、练习、计算、背诵上。在他们的日常生活中,已看不到还有多少自由与快乐了。试问,这样的孩子,能说是幸福的吗?能说是他们享福太多吃苦太少吗?

为了这个问题,我又没少与儿子儿媳乃至与社会、与现行教育制度闹别扭。

我当然不是轻视对孩子的知识教育,相反,我也非常关注孩子的学习与进步,也希望自家孩子今后能出类拔萃,能成为栋梁之材。可那不等于可以按照我们自己的诉求,去开一个铁模具,硬是把孩子放进去挤压,而不去顾及孩子的客观承受能力啊!

我们如今的学校和家庭,已把孩子的学习成绩,当作是孩子迈入希望殿堂的唯一通道,看作是老师教育成就和家长培养能力的唯一标准。凡学龄儿童的家长一见面,互相问候的头一件事,就是你家孩子学习成绩好吗?当爸爸妈妈的,整天考虑着如何让自己的孩子考出好成绩,考上好学校,眼前不输

起跑线，将来出人头地，成龙成凤。

我的儿子儿媳，特别是两个儿媳，也都把孩子的学习看得高于一切。他们似乎并不担心孩子任何别的事，就担心孩子的思维能力和学习成绩上不去。当孩子还在母腹中的时候，他们就对孩子实施了各式各样的胎教；当孩子才出生刚开眼的时候，就让孩子认字识图；当孩子才咿呀学语的时候，就要孩子背唐诗宋词、英语单词；当孩子刚会讲几句完整话，才会站得稳的时候，就要孩子手握话筒，上台练习演讲……孩子不愿意，他们还又哄、又拉、又呵斥，硬要孩子就范。有时把孩子弄得号啕大哭。孩子上小学了，他们更是变本加厉，每天盯着孩子作业本上那几个用红笔打的分数。不满100分，就要孩子找思想原因；不满90分，就要孩子重做一遍以上；如果不满80分，那可是孩子大遭殃的时候到了！为了读书学习，孩子被折腾得常会忧心忡忡，愁眉不展。

我心疼孙子，反对儿子儿媳如此这般管教孩子。我对他们说，孩子投身于你们膝下，让你们当了父母。你们的责任是给予孩子幸福，让孩子好好享受童年的快乐。你们得维护孩子自由自在的生活权利。而你们现在的所作所为，其实是一种变相虐待孩子的行为，是"渎职"、"造孽"啊！

可他们不爱听我的这些话，他们以为我与他们在对待孩子问题上有代沟。我是隔代宠、是溺爱，而他们是从严要求，是积极培养孩子。

孩子固然是需要培养的，而孩子更需要健康成长，全面发展。培养孩子得遵循自然规律。拔苗助长，填鸭式的培养，是会给孩子造成伤害的呀！

我与儿子儿媳在培养孩子问题上出现了很大分歧，起初时我提醒自己，我不要在这个问题上太多干涉，更不能越俎代庖。毕竟，他们是孩子的父母，他们学历也比我高得多，孩子学习上的事还得由他们主管，我只能建议建议罢了。

可谁知情况越来越不妙。从孩子上二三年级起，他们对孩子的学习抓得更紧了。孩子本来每天有做不完的回家作业，他们还给孩子报了一个又一个的补习班，课外班。丁丁当当除了学校正规上课，周

六、周日和每周数个晚上，还得去校外课堂上课学习。除了晚上睡觉，已完全没了自由支配时间。甚至，还要被挖掘一些睡眠时间，去应付学习，去完成太多的作业。

天哪！我的孙子即使是机器人，也不堪如此重负啊！

我又实在看不下去了。我坚决要求儿子儿媳给孩子退掉一些课外班。

儿子儿媳说："如今谁家孩子都上课外班呀！"

"不管别人家怎么做，我家就得退！起码退掉它一半。"我像下死命令似的耍起长辈脾气来。

儿子儿媳见我执拗，这回他们拗不过我，只得为孩子退掉了一些课外班。

我不相信用无限施压、不断加码的方法能促进孩子发展成长，能把孩子培养成特别优秀的，成为特别有出息的人。古今中外那些最有出息的人，那些大才子，大科学家，那些当大官、掌大权的人，有几个是他们的家长和老师用高压手段培养出来的？如果非得通过这样的途径成长，成为"出类拔萃"的人，那么，我就宁愿不要！就做个普通人有何不好？人一到世上，所能享受的美好时光本来不多，如果让孩子牺牲童年幸福，去换取所谓的出类拔萃，那么，这种出类拔萃还有多少意义！

诚然，我与儿子儿媳之间再有分歧，也总还是可以商量的。而产生以上分歧的根源不在家庭，而在现行教育体制和教学制度，是个深层次的社会问题，这就太不好办了。事实上，孩子们的遭遇谁都看到了，为孩子减负的呼声也已经够大的了，政府也曾为此发过红头文件。可谁都无法"扭转乾坤"。

我的两个孙子，学习都很认真，智力也都不错，可在退掉课外班后，每次考试成绩总是不佳。查找原因，不是别的，而是考卷上的许多题目，并不是教科书里学的，而是课外班上教的。学校主课老师还干脆说：要想考试成绩好，就得上课外班！

我怀疑如今有的地方校内外互相呼应，"合作共赢"。怀疑有的老师脚踩两条船，明里是堂堂国家教师，暗里去课外班任教捞外快。致使广大的学

生和家长只得跟着劳命伤财了。

虽说学习不为应付考试,而在小升初、中考、高考都一锤定音的情势下,谁真敢不在乎考试成绩呢?

孙子刚退掉不久的几个课外班,又被儿子儿媳重新给报上了。这回我不说话、也无话可说了,但我心里闷得慌。看着与我一样闷闷不乐的孙子,我情不自禁地拿起笔来,向政府有关部门写了一封长长的信。我在信中列举了孩子们学习任务繁重,成年累月被各种考试所困扰,夜以继日地对付着校内外上课的大量事实,也指出了存在以上问题的根源,揭露了一些教育领域内的丑恶现象。强烈要求政府部门认真管一管此事,千方百计救救我们的孩子……

然而我也知道,面对这样的大问题,我一个无名小卒是无能为力的,就算建言献策,其实也没有我的份。不过,我还是要写上这封信。我要为改革教育,纠正不正之风,我要为解救孙子的苦难,解救千千万万学龄孩子的苦难而呐喊!

29. 旅游

时间在向前飞跃,我的孙子在快速长大。到了七八岁的时候,丁丁、当当就已长成小美男子了。由于他们拥有俊俏的脸蛋和匀称的身材,还因为他们谈吐举止彬彬有礼,所以不管他们出现在哪里,总能得到大家的夸奖。

他们已开始懂事了,对生活、对世界已不只充满好奇,而是要进行探索甚至追根究底了。这时,我突然冒出来一个念头:带他们出去旅游。

旅游是我们中国百姓才开始熟悉的名词,而它的魅力使其很快获得了市场。近几年,旅游业以每年翻倍的速度发展。越来越多的城乡居民,因为口

带孙子

袋里有钱了，对生活有了更多的追求，大家从自身条件出发，或近或远地走出家门，去体验人生的这份快乐。

而我要带孙子出去旅游，还有我更多的想法：旅游能使孩子开阔视野、增长见识、培养毅力、锻炼体魄……而更重要的是，我要通过这个途径，去补偿孙子童年生活的缺失。把孙子从无休无止埋头上课、读书、写作业的枯燥状态中解放出来。让他们有机会感受大自然的气息，感受自由放任的生活本源。

我把我的想法告诉儿子儿媳们，希望得到他们的支持。没想到我的这一提议非常顺利地获得通过，儿子儿媳一致赞成，都表示今后一定找机会，尽可能带孩子多出去走走。那时我在北京，正是北京最美的时节——秋天。我对小儿子儿媳说，还今后什么，当下就是最好的机会，事不宜迟，何不说干就干，就从现在开始，利用一切双休日和节假日，好好带孩子出去旅游，你们自己也好趁机多放松放松。于是，我家的旅游便从此拉开了序幕。

北京是全国、乃至全世界旅游资源最丰富的城市。我们的旅游就围绕北京开始。

起初,我生怕儿子儿媳不够重视,因而每到临近周末,我就会及时提醒他们,并提出我的建议路线。然后一家老小四口,放下家中所有的事,由儿子驾着汽车,风风光光、高高兴兴地出门游玩。

我们按照由近而远,先城内后城外的顺序选择旅游地点。由于我们出游频率高,每周一次,每次一处,因而不到一年时间,北京城内所有的名胜、景点,都已让我们给玩了个遍,有的地方还一连去过多次。接下来的目标便是京郊。北京的郊区是一个非常广阔的天地,从怀柔、密云,到房山、大兴,从顺义、通州,到昌平、门头沟……这些地方说起来都是北京市的一个区,而实际距离市中心却都在百公里左右。随着形势发展,京郊所有区县,直至所属各乡镇,都在大力开发旅游产业。住在北京城里的人,一到节假日,便举家驱车前往旅游。四面八方通向郊区的每条公路上,旅游大军浩浩荡荡,经常车满为患,引起堵塞。由于路远加路况差,去

京郊旅游已无法当天完成，于是我们便出去过夜。一般是周六上午出发，周日下午返回。京郊那些旅游点不仅优雅美丽，而且吃住方便实惠。特别是农民们开设的那些"农家乐"，处处如镶嵌在大自然中的明珠，一家家还都有特色，服务态度也特别好，可供任意选择，随时欢迎游客光临。我们每次去京郊都玩得特别开心。当当在那种地方总是高兴得手舞足蹈。

习惯成自然。时间一长，小儿子儿媳带孩子出门旅游已成常态化。如无特殊情况，凡节假日里，他们是不会待在家中的，他们的旅游目的地已不限于北京，全国其他地方乃至国外，他们也开始涉足了。

这时，我又牵挂起丁丁来。虽然，大儿媳与老伴儿她们也都赞同我的主张，但因受某些条件限制，带丁丁外出旅游的承诺，迟迟未能兑现。为此，我又想了个办法，利用每年寒暑两个假期，带丁丁到北京度假。一来，丁丁到北京本身就是一种旅游；二来，这样就可以让丁丁参加小儿子他们组织的各项旅游了；三来，我与老伴儿也可团聚一起，共同照顾两个孙子的假期生活。于是每当学校放假，我们就带丁丁北上，大儿子儿媳把这事当作大事，丁丁则把它看作是自己的大喜事。每次出行，他总是显得特别精神。从此的假期生活，他都过得非常积极、非常快乐。

我感谢儿子儿媳们对我的理解与支持。特别要感谢小儿子儿媳的积极配合与付出。因为带孩子出门旅行，不光要舍得花钱，还要拿出点吃苦精神来。他俩愿意担当，经常放弃自己的节假日休息，去换取孩子们的快乐，这值得我赞赏。不过我也为此付出了更多的艰辛。我每次与他们一同前往，根本不是为了自己旅游，而是为了照顾孙子的旅途生活。孙子在外吃饭、睡觉、洗澡，爬山涉水看景点，几乎都是我管着、拉着，甚至有时还得背着走累了的孙子。

我要用旅游来缓解孙子学习上的压力，但我又不愿意使他们因此而影响了学习。因而在节假日旅游中，我特别注意督促、引导他们做好各种作业、

抓好学习。丁丁每次来北京时，都必须带上书本和作业本，我认真为他安排好每天的学习内容与时间，并看着他写作业，写完了再给他检查。我还启发引导他用旅游选题写作文、写日记、写游记……

从此以后，孙子节假日里加班加点学习的困境，终于基本摆脱了。我的目的基本达到了，我很高兴。还让我感到高兴的是，旅游给孩子带来了许多意外收获。丁丁当当在这种热烈的自然与社会活动中，找回了天真，找到了自我。他们变得更自强、自信了。生活的自理能力、社交能力乃至学习成绩都明显提高了。当当过去那种胆怯腼腆、不善交往的弱点被克服了。他变得活跃起来了，无论与同学、还是与校外小朋友在一起，他显得很健谈，也很有感染力；他的动手能力增强了，自己生活中的事，他已能自己动手去做，还喜欢主动帮大人做家务。有些我也觉得棘手的事，他却敢于尝试。丁丁过去写作文是短板，经过不断写游记练习，大大提高了写作水平。班内接连好几次作文比赛，他竟然都得了第一名。班里原来的"写作明星"周×吃醋了，一边挑剔丁丁文章的瑕疵，一边表示要坚决夺回第一。丁丁说："周×你永远别想再超过我，我北京都去过五六趟了，你能跟我比吗！"话说得虽然有点过激，而他的自信却让我赞叹。丁丁四年级暑假里，我们全家去俄罗斯旅游。这是我们第一次到欧洲，也是丁丁第一次出国。我与小儿子提前向孩子们布置任务，要他们多学点出国旅游知识。丁丁在接受任务时立正敬礼表示："保证不辜负叔叔和爷爷的期望！"而后的整个旅程中，他果然表现出色。不但始终把握好了有关注意事项，还积极主动帮助拿行李，照顾随行老人等，受到大家夸奖。由于他用心学习了俄罗斯国情知识，一路上还经常配合导游讲解。当导游讲到俄国历史，讲到"二战"情况时，他竟然能接过话题，有声有色地讲述前苏联将士们抗击法西斯、保家卫国的英雄事迹。让所有同行人感到惊讶。导游称赞丁丁是一位优秀的义务小导游。

我一直主张，培养孩子，主要应培养他们的自信。因为自信是一个人取得成功的必要心态和素质。如果没有自信，即使他学了再多的知识，也未必就

能运用得好,就能成功。

俗话说:"读万卷书不如行万里路。"行万里路当然不光指的是旅游,然而不管怎么说,我认为我们一定不要让孩子死读书,而要让孩子在学习书本知识的同时,展开他们自己的双翼,到他们自己所喜欢的天地里去,接受各方面的知识。多让孩子出去走走看看,对孩子的成长肯定是有利的。

30. 余热

带孙子的日子繁忙而充实，时光过得特别快。一晃，十年过去了。

人生没有几个十年。这十年，是我一生奋斗的最后阶段，是在夕阳下走过的历程。我此前万万没想到的是，这人生的晚年，原来真也可以火热与出彩，就看你怎么去过了。比起过去的岁月，这十年却是我跑得最远、干得最多、学得最认真、自我变化也最大的十年。

为了带孙子，我与老伴儿轮流交替，南北奔波。如果将这十年中所走的路程相加起来，我俩均已走了四万余公里，相当于每人绕地球一圈多。

带孙子

过去,我在单位里一直干文职,工作以动脑动笔为主。家中有老伴儿操持。体力劳动,特别是家务劳动对我很陌生。可这十年来,我一切都得动手干,围绕带孙子的事儿又特别多。由于我家后来一直没请保姆,家中连个帮手也没有,我一人顶着多人用,总处在超负荷、小跑步干活的状态中。这十年中我所付出的劳动与汗水,早已超过以往几十年的总和。

带孙子这一职位,我是"半路出家"又是单枪匹马接的"行当",自感压力之大,责任之重前所未有。这就迫使我拼命求知求教,努力学习。十年中读过的育儿书籍,叠起来有半米多厚;请教过的人更不知其数。而且这种学习是即时学以致用,我总是迫不及待地学通弄懂,又雷厉风行地在实践中运用验证。这样的求知态度和学习效果,是我过去从未有过的。

这十年来,我大变样了,变成了我自己都不太认识的人了。

我真的变老了。写到这里,朋友们也许会笑,人哪有不变老的？更何况我年龄已这么大了。可在此前，我却从未察觉，也从不承认自己老了，即使在我患病遇险的时刻，我虽也曾经做过死的思想准备，但就是不服老。周围与我打交道的人，有的比我小好几岁，但我却认为他们比我大、比我老。我很不喜欢人家喊我大爷，更讨厌有人居然叫我老爷子！我有这么老吗？直至今天，我算是真的明白了"岁月无情"的道理。我与同龄朋友一起照了照镜子，又拍了张大头照审视自己的容颜，才发现我竟已如此苍老。岁月的印记已深深地爬满了我的脸额，我原先那头又粗又密的秀发已不知去向，只剩下稀稀拉拉的几根灰白发了。胡子也白了。我在"同事"朋友圈中非但不显得年轻，而是显得最老相，我的颜值已出现负数了，我已然是一个地地道道的老头子了。

当我看清了自己的这副模样，心头也有些纳闷，自尊心受到冲击。不过我并不懊恼。世间苍生万物，无不都在不断地老化、退化。生老病死，沧海桑田均为时间现象。这是自然规律，谁也无法改变。我

带孙子

已是奔七十的人了,老是正常现象。如果自己不愿老,想与"老"抗争,唯一的办法,那就是努力保持一种好心态,努力振作自己,老当益壮。可担当的积极去担当,能出力的继续去出力,从而让自己的精气神显得相对年轻些。

我已变成了一个勤快、能干的人。过去,我一直处于慢生活状态。几十年的机关工作,如在煮一锅温开水,每天往办公室里一坐,虽也有些事做,但不急不躁,不冷不热。安闲、好坐、慢腾腾、懒洋洋是我的基本形象,温吞吞是我的性格特征。

自带孙子后,我的生活节奏来了个一百八十度大转弯。每天干活如上战场,始终与时间在赛跑,一个"快"字成了我的座右铭。"江山易改,本性难移。"这话其实并不绝对,在全新的生活环境中,我必须以全新的姿态接受挑战,过去的习惯,不改也得改,不变也得变!久而久之,我就变过来了。现在,我再也闲不住了。两眼望出去,处处是活儿。如果再要我在凳子上呆坐十分钟以上,那已是不太可能的了。朋友们都说我干什么都利索,家人称赞我把一切处理得井井有条。是啊，别看小小一个家，别看带带孩子做做家务，这些每天必须重复着做，又杂乱琐碎的事多如牛毛，而它却直接关系着全家人的幸福，关乎着孙子的成长。是既不能马虎又不能拖沓的。如果我不勤快，那就根本做不到位了。

勤快与能干有时是同义词。经过长期辛勤的磨炼，我不但能麻利地操持好家务，而且还独创出一些带孩子的实用技能。我发明的催眠术，仅以自己的一双手和一支小小的催眠曲，就能使孩子天天安睡得很香很甜；我研究出一种家庭自制膏方，能让体虚体弱的孩子很快获得改善；我学会并改良了一套经络按摩技术，能使孩子患了常见病的时候，在家里实现无药而愈。我还能做出好几道色香味俱佳的"名菜"，凡品尝过的人无不加以称赞。两个孙子和家人都只认我的厨艺，最爱吃我做的饭菜……

我变瘦了，瘦得十分让人可怜。我称了称自己的体重，比我原来掉了十多斤。十多斤体重对于一个长得过胖、需要减肥的人来说，那是太微不足道了。然而对于我这个本来就偏瘦、且个子较小的老

头来说，却已瘦得有点脱形了。好在我平时能注意调整生活习惯、坚持锻炼，所以我的体能似乎还不错。干活、走路都还利索。

变老、变勤、变瘦，构成了我这十年的非常人生。是苦是甜，是付出是得到，相辅相成。

所谓享福，享受天伦之乐，那本来都是一种过程。幸福没有标准答案，全凭自己的感觉。我敢肯定地说，如果让我无所事事，如果让我退休后去过那种吃吃玩玩，坐享其成的生活，那就枯燥无味，就根本没什么幸福可言了。我这十年的过程与变化，正是我幸福与天伦之乐之所在。我要感谢我的孙子，是他们给了我这样的机会，让我的晚年过得非常充实，也非常幸福！

31. 硕果

经过精心培育的花儿终究美丽,化出百般辛劳的成果必然丰硕。在我与家人的共同努力下,一切都在向好的方面发展,我心中的梦想正在一一成真。

我的孙子越长越优秀了。在我家南北两地的圈子中,在左邻右舍、同班同级的孩子中,丁丁当当不但长得帅气,而且智慧出众。如今他们的学习成绩都非常拔尖,品德表现优良。最让我欣喜的是,两个孙子都很有才气。

丁丁口才特好,能言善辩。班内、年级内组织的辩论会,演讲比赛等,哪次都少不了他,而且他几乎每次都能得奖。最近,海盐张乐平纪念馆公开在全县中小学校内招聘义务讲解员,经过激烈的面

试角逐,丁丁在上千名青少年应聘者中脱颖而出,被成功录取。该馆正式开讲后,我专程前去观看,只见丁丁绘声绘色的讲解,不时博得大批大批参观者的热烈掌声。我被这阵阵掌声鼓得热泪盈眶。我的孙子还只是个十来岁的孩子,就有如此出色的表现,能得到这么多人的肯定与赞赏,这是多么值得我高兴与骄傲的事啊!

当当自入学后就一直是个骨干。他聪明好学、为人诚实、表现积极,对老师与同学又特别亲热,大家都非常喜欢他。每逢推荐班干部、队干部时,就总会有人要推荐他。前不久民主选举班干部,当当自己报名竞选副班长,没想到班内许多人却推荐他竞选班长。投票时,全班老师和同学几乎全部投了他的票,他以百分之九十五的得票率光荣当选为班长。

我的儿子儿媳与孙子一起成长、成熟起来了。这两对宝贝以往的主要问题是不太会生活。我这里指的是在家庭生活中,他们表现得比较散漫、幼稚,常会使我犯愁。有时我管教他们,他们还总是不服,有了孙子的"合作"，儿子儿媳身上的薄弱环节一个个被克服了。比如晚不睡早不起的问题，据说这已成了现代年轻人的通病。每天弄到半夜十一二点就寝，第二天早晨又起不来，不影响健康才怪呢！有了孩子，他们得保障孩子睡眠时间，而他们自己不睡，孩子就跟着不睡，为了孩子，他们只得改过来了。又比如不知收拾整理，过去家中每天被他们弄得乱七八糟。他们拿出来用过的物品，从不知放回原处。他们喝过的茶杯，走到哪放到哪。有时连自己脱下的衣服也到处乱丢。现在轮到自己教孩子学整理、讲整洁了，他们才知言教不如身教，自己得以身作则做榜样了。还有一个很让我头痛的问题——小夫妻吵架。虽说夫妻拌嘴在所难免，而他们以往争吵的频率太高、话题太离谱，常为了点儿鸡毛蒜皮的事，甚至为子虚乌有的事吵得不可开交，谁也不让谁。与所有老人一样，我多么希望看到他们小夫妻和和美美。儿子儿媳恩爱，我一餐可多吃一碗饭。儿子儿媳吵架，我的心里就如装了颗沉甸甸的"炸弹"，吃不好睡不着，总担心着万一吵得

带孙子

矛盾激化,发生"炸弹爆炸",把一个好端端的家给毁坏了该怎么办!为此,我总要竭尽全力去充当"调解员",而我的调解却收效甚微。自从有孙子相助,事情又好办了。孙子与我心相通,儿子儿媳一吵架,孙子便跟着反对,孙子常用哭声去抗议。我鼓励孙子这么做。他们吵得越凶,孙子哭得越响;他们闹的时间越长,孙子也哭得越久。这如灵丹妙药,唤醒了儿子儿媳的理智,治愈了他们的幼稚病,使他们终于学会了互相换位思考,学会了宽容与包容。夫妻感情融洽了,和谐、温馨的小家庭氛围形成了。

我与亲家之间的关系也越来越好了。亲家与亲家如一座桥下的两个桥墩,虽分处两头,而彼此的担当与守望是一致的,都是为了子女婚姻家庭稳固,为了孙子或外孙幸福。亲家之间的感情,始终与孩子们的利益相关连。过去我与两位亲家母曾有过口角,那是为了孩子的事,后来很快又亲如一家,还是因为孩子。见他们的外孙越来越可爱,见我与老伴儿带孙子辛苦,他们对我家的支持与帮助在不断升级，对我与老伴儿关怀备至。大亲家母经常步行穿越整座县城来我家，手里还总要带些东西过来。不分春夏秋冬，她还经常提上她亲手种的、经过精心挑拣的蔬菜，以丰富我家餐桌。一到我家，还争着帮助干家务，说要减轻我与老伴儿的劳动负荷。小亲家住地与我家相距遥远，他们就自驾汽车来回奔波，也经常为我家办这干那。知道我与老伴儿爱喝茶，他们居然花一万多元买了个饮水机送我。他们自己平时很节俭，挣钱也并不多，为了我却出手如此大方，让我太感激了。

　　如果比作走路，这十年来我走得太累，而我们这个家却过得很顺。似有上天垂爱，我们在这一路上尽遇好事。我家不但人丁兴旺了，经济生活条件也越来越好了。我们是工薪家庭，家人的工资、奖金，就是家庭生活的来源。而正是孙子出生后的这些年，国家经济形势快速发展。随着国家财政实力的增强和子女们职务的升迁，我家的收入大幅度提高，每个人的工资水平成倍增加。儿子儿媳们的住房从公寓变成了别墅，私车从"大众"换成了"宝

马"。这是我过去连做梦也没想到过的。我家已迈入了现代化生活行列。还有一件锦上添花的事——大儿媳的就业也获得圆满解决。她进的是一家全县最好、待遇很高的单位,进去不久还当上了个小领导。

啊!我的宝贝孙子!我常觉得这一切的取得,既是我与你们的父母努力奋斗的结果,也是你们为这个家带来的福祉。你们好比天使,你们的到来,不仅为我的人生画上了圆满的句号,而且为整个家庭增添了无限的欢乐与希望!当然也为我们伟大的祖国增添了希望。

如今我已经老了,虽然身体还不错,但我深知岁月不饶人。我这辈子剩下的时间肯定不会很多很多了。也正因为如此,所以我得更加珍惜余生。我要利用有限的时间,多为你们,多为这个家,也多为社会做点力所能及的事。由于我国已进入老龄化社会,网络及各种媒体上对老年人如何养老、养生、如何享受晚年生活的宣传很多很多。其中不乏讲老人须善待自己,放下一切,多享清福。可我不这么想,我不愿这么做。因为我始终认为，如果彻底不管儿孙的事去追求自己的幸福，那是不应该也不可能幸福的。我要继续与你们在一起，充分发挥自己的余热，这才是最根本的老有所为，老有所乐。

你们已长大了，很快就不需要我再带了。我也希望你们快快展开翅膀，飞向你们更加美好的未来。然而，不管我有多老，只要我还在这个世上，我就要为你们尽一点所能。如果我能成为一盏灯，哪怕其光芒已极其微弱，我也要为你们的前程增添明亮。如果我能成为一块砖，哪怕这砖很小很小，我也要去铺在你们前进的道路上！

附 录

我的爷爷

——张栋源（丁丁）

在我的印象里，爷爷是最爱我的。他非常慈祥，他对我无微不至的关怀，使我终身难忘。据妈妈说，我从小就特别依赖爷爷。刚开始上幼儿园时，因为不习惯，不愿意，小朋友们都哭闹，别的小朋友哭闹时都喊爸爸妈妈，而唯独我总是"爷爷……爷爷……"地哭叫，似乎与我最亲的不是爸爸妈妈，而是爷爷。

我与我的弟弟都是爷爷奶奶带大的。因为我随爸爸妈妈住在海盐，弟弟随叔叔婶妈住在北京，爷爷奶奶不得不分开来带我们，他俩每半年或一年轮换一次，老两口见面的机会都很少了。他们南北分居，各自照顾一个小家，各自为孙子的事忙忙碌碌。爷爷年轻时在部队当兵，他的整个青年和中年时期很少能与亲人团聚，现在老了，本可以与奶奶在一起享享清福了，可为了孙子，他毫不犹豫地放弃安逸舒适的生活，一年又一年地独自操心操劳。爷爷把青春献给了国家，献给了儿子们，老了却依然不顾自己，为照顾我和弟弟而受累，每每想到这儿，我总是鼻子一酸……

　　爷爷是个很细心很认真的人，他总是把我照顾得无微不至，我生活、玩耍、学习、娱乐中所需要的一切，他都考虑得特别周到。有一次我早上穿衣服时对他说："爷爷，我今天穿绿颜色上衣吧。"爷爷便对我说："今天天气较冷，你穿那件袖子长一点的吧。"我觉得奇怪，我自己都从来不知道我那两件同样的衣服，袖子竟然还有长短！我拿两件衣

服比了比，果然发现两件衣服的袖子不一样，厚薄也不一样，袖子长的那件比另一件还稍微厚了一点呢。

爷爷非常关心我的学习和思想进步，经常找时间辅导我学语文、学写作，他多次与我讨论分析好文章的写作特点，让我很受启发。还常用讲传统故事的方法，教育培养我的品德。

爷爷非常爱我，但他对我的爱却不是溺爱，要是我犯错，他也会严肃批评，但他却从不简单训斥，更从未打我骂我，他总是通过讲道理，分析原因来启发我认识错误，引导我自觉改正，总让我心服口服。

有名言说"羊知跪乳，鸦知反哺"，等我长大了，我一定要好好报答爷爷。我要努力学习，争取今后考到北京去上大学，然后在离爷爷不远的地方工作和买房，让爷爷奶奶团聚。我要像爷爷关心我一样地去关心爷爷，让他吃好住好穿好玩好，还他一个幸福的晚年。

我觉得，世间的爱其实很不公平，亲人赐予了

我们生命，含辛茹苦地抚养我们长大，又竭尽全力教育培养我们成人，而我们却要等到长大后才会去报答。我想，我要从现在就开始做起，我必须真正懂得感恩，学会敬老爱老，我要努力做一个让爷爷奶奶、爸爸妈妈以及学校老师都感到满意和骄傲的好孩子、好学生，这或许也是令爷爷最高兴的事情。

带孙子

TAKE CARE OF THE
GRANDSON

我的爷爷

——胡鑫源（当当）

我的爷爷快 70 岁了，头发都白了。他个子不高，身体也不是很好。

爷爷退休已好几年了，我认为退休的人就是在家休息或到处玩玩的，而爷爷退休后在家却特别忙，我觉得他比上班的人还忙。

我和我的丁丁哥哥都是爷爷奶奶轮流带大的，而爷爷在北京带我的时间更多一些，所以我总觉得他无处不在。我吃的饭菜是爷爷亲手做的，我出去玩的时候爷爷总是陪着我，我身体不舒服时爷爷就陪我去医院看病，然后又在家精心照顾我用药，我放学时爷爷总等在校门口接我……

我已经 11 岁了，11 年来，爷爷始终无微不至地关心着我，照顾着我。他在北京时，我觉得他天天都在为我着想，为了让我吃得好吃得多，他总是去市场买回我最喜欢吃的食材，还请厨师大爷教会他烹饪，然后精心制作。我最爱吃爷爷做的菜。为了让我和全家过得舒适，爷爷每天把屋子打扫得干干净净，把物品收拾得整整齐齐。为了让我好好锻炼身体，增强体质，爷爷就认真当我的"陪练"，我骑车、打球、游泳等都是由爷爷教会的。特别是教我学游泳那阵子，爷爷身体不舒服，而为了教我，他坚持每天亲自下水陪练，终于使我学会了游泳。

我还未上学之前，爷爷特别喜欢抱着我或用自行车带着我出门遛弯，晒太阳，他说这样有利于我的身体健康，北京西城区（原宣武区）内所有的马路、公园和广场，都是爷爷带着我经常光顾的地方，爷爷有时还累得满头大汗，使我非常感动。

爷爷不但自己非常关心我，还经常提醒要求爸爸妈妈关心我生活、学习、娱乐中的一切需要。他要爸爸妈妈在抓好我学习的同时，必须兼顾我的休息与玩乐，希望爸爸妈妈在节假日里带我出去旅游，

开阔视野。爷爷自己本来也喜欢旅游,可当爸爸妈妈和我一起到远方、到国外旅游请他一起去的时候,他却总是不愿参加,说他不喜欢旅游。我知道他这是为了省钱,他心里总是为了我和爸爸妈妈好,却从来不为自己。

爷爷带我的辛苦、他对我的好、对我的爱说也说不完,我只想牢记在心中。我要努力学习,决不辜负爷爷对我的期望。我要使自己今后成为一个有出息的人,成为一个对社会对国家有贡献的人。我想,这是我应该努力实现的目标,也是我对爷爷最好的报答。